新刻全像忠義水滸傳二十三卷

○第一百四回　公孫勝馬耳山請神　宋公明東鷲山滅妖

鄉民壺漿迎接宋江

宋江大軍離九溶河行二日之程見一座接天高山不知甚麼去处却有鄉民迎来軍前迎接宋江傳令許衆人進来相見鄉人納拜曰小人等久聞天名前征蔽偹酒瓶迎接宋江大喜與吳用曰此鄉老来迎亦紂民来迎武王之意耳用曰既是好意可瓶苔之宋江教取銀二十　而送趙華等衆鄉民不受曰遁年被王慶建造宮室差徭役竟民不聊生多有逃亡哀老衆人来見元帥說知此事非为貪賞而来宋江曰你衆鄉老不必憂心待我平伏淮西班師回京奏聞天子赦免本处差役二年衆鄉老拜伏各曰若得先鋒如此方使生死会恩宋江又問此去秦州還有多少路程趙華答曰此去秦州有二百餘里過了東鷲山便是紅桃山離秦州不遠一派是越江來的水路只有從陸路征進但有險峻崖岩之地王慶屯兵守把東鷲山雖無人守把却有座廟宇神道利害我這鄉村遁年春秋要一童男童女祭賽若不如此便起火灾瘴白日而來吃人就是王慶遁年也如此敬奉先鋒軍馬到彼雖將生人祭賽神人歡喜那時任行軍無慮矣宋江听了默然曰你們且退待我計議衆人拜謝起身宋江曰既衆人不受銀兩令取十疋綵絹賞衆人而去有詩为証

分符自比向西行　露布書言捷四征
緋花壺漿迎士馬　殷勤致意說前因

獨火鬼王追趕宋江

宋江曰如之奈何吳用曰可從鄉人之言用生人祭之宋江曰我一路損折軍將尚自悔不了今故將生人祭神我心何安節令軍中用麪造下大饅頭四十九個殺牛宰馬偹香燭紙錢之類次日宋江將大隊人馬扎駐山下令軍士抬祭物去廟裡等候宋江同吳用公孫勝喬道清化榮肖洪馮山宗得真林沖秦明宋仝引軍士三百餘人來至半山各下馬步行到廟前從軍屯立門外宋江等入廟擺列祭物點起香燭宋江近案前揭開羅帳看那一尊神生得十分美惡　但見口開如噴血　髮豎似硃沙　槎牙如枯樹之形　伶俐似精灵之狀　露身裸体　斑斑血跡尚鮮紅　污氣冲人　點點染痕猶帶赤　看秋二祭成常例　早晚三時吐火光　不是惡神为祸患　定應妖怪作禍殃

這惡神名喚獨火鬼王宋江看罷令吳用等拈香設拜乃曰宋江今受天子勅命前往征討王慶大軍特過東鷲山聞神有灵敬偹牲物親臨祭奠望乞受享助我三軍得勝回來當重修廟宇復飾相貌以報神功宋江祝罷衆人稽首再拜原來這獨火鬼只吃生人不吃死物宋江方纔祝罷只見天昏地暗狂風拔水神案下一声霹靂起廟中前後都是火光宋吳用等看見大驚曰兄長快可廟四下樹木尽燒着衆將并隨軍各不能相顧宋江走到半山空中現出一個猛惡鬼神來遍身是火口中又吐出火光大叫曰宋江休走宋江看見廝倒在地賁洪皆抱宋江與宋得道曰你可急去尋公孫勝喬道

馬靈孫勝往馬耳山

清米作法接應宋江得真拚死先走齊洪背了宋江不顧死活冲西火林中奔走獨火鬼王隨後風捲起來君已危急公孫勝仗劍步罡祈下雨來喬道清取苦溪法水噴一口來滅了獨火鬼乃退候朕雲開風息天地明朗隨後花榮林冲宋全都到衆人保宋江回營衆人都來看視宋江曰我西征多年未曾見怪今日若非齊洪兄弟一力救回焉能與衆相見花榮曰幸喜兄長無事寔乃朝廷之福只見齊洪兄弟被火傷面目未知生死如何宋江自往視齊洪時只見面上都是火泡十分傷重宋江執其手哭曰兄弟為我致此重傷倘有不 宋其何安齊洪曰只要兄長無事吾死何恨宋江即令使綿車連夜送回洮陽城醫治後來發作身死在洮陽城宋江計點軍士折了一百餘人又不見頭目秦明馮山宋江正憂悶間人報秦明回入見曰天地黑暗滿林火起馮山走入林中吾躲在坡下馮山與一起人燒在林中宋江所說不勝悲憤與衆人曰若不除此惡鬼救此方之民寧死于此吾不還矣公孫勝曰哥哥息怒小弟去年征河北之時因師叔喬道清之事小弟與戴院長往薊州二仙山見本師羅真人囑小弟曰日後有征淮西之行要在東鶯山經過本山有一獨火鬼王凡人難近只怕阻住去路小人又問他收獨火鬼之法本師教曰只除是由西地面有座清涼山過去有一座馬耳山山下有一個華光廟除非去求他法術來可破小弟疑他是泥塑神如何求得本師曰我一道符命去閱請火龍纏身火鴉相隨腳踏風輪頭頂火輪右手執金鎗左手提金磚此人可破獨火鬼不想今日果有此事所有符命常在此間兄既要滅此妖魔小弟不辭劳苦只得往馬耳山走一遭求此数件法宝来行事宋江曰你可即行公孫勝曰只得一人同去最好馬灵曰此去馬耳山有一万餘里会飛也要一個月風輪火輪金磚小将都有只欠火龍火鴉這兩件以此施展不得公孫勝曰既將軍少此兩件你與我同走一遭二人遂辭宋江馬灵作起神行法足踏風火輪將公孫勝靠在背上騰地而起前望馬耳山來不消二日早到這馬耳山近西方之地與佛国隔界馬灵息張店中安下訪問此間馬耳山華光廟有歷士人曰我這里本此神如父毋視恭隨処顯灵救人前面那座高山是他廟宇次日公孫勝與馬灵備了香信逕投馬耳山來到廟裡拈香再拜將符命焚在宝炉之中口中念詞只見半天起個霹靂電光閃發空中現出一尊金甲神人公孫勝馬灵仰面一覩見那神人頭戴剪翅身穿紅袍左手提一條纏蛇金鎗右手執一塊三角金磚背上帶一葫芦內藏火龍火鴉腳下踏風火二輪開言曰公孫勝你今道行清高本師真人持有符命請我除滅獨火鬼王這畜業血食已滿當以驅除你速回去报宋公明得知可以尽心报国收服淮西班師回去又有勅命征討方臘之行那時星宿乃有大半暗没我即为你前去殄滅妖魔清平道路大軍作速前進言

馬耳山華光現真身

訖不見神像公孫勝與馬灵听得商議曰神灵真顯也想神明自去行事我等即便回去报與哥哥得知兩個拜了神像出廟依前作法與公孫騰地去了有詩

不辭劳苦叩神灵　一陣風來現正身　此去妖魔須撲滅　公明德澤及鄉民

華光軀滅獨火鬼王

且說天神夜間卽領神兵前到東鷲山運動風雷一夜裡只听得震天霹靂之声如兵交廝殺之狀次日天明伏路兵來报與宋江曰東鷲山廟宇昨夜燒做白地樹林寸木不留神像也沒有了宋江大驚曰如此奇異公孫勝馬灵二人未回這妖不知那方神道勦滅了衆人正說間小校來报鄉民都挑羊酒在軍前伺候宋江曰教喚入來衆鄉民拜伏曰此妖皆賴元帥祈求神之助一夜除了救我一方百姓感恩不淺今聊具羊酒以酧畧表小心望乞海納宋江大喜令人收羊酒撫慰而去自東鷲山下居民家家戶戶立牌書寫宋江名字供养以报其德却說宋江軍馬屯扎山下過了一日人报公孫勝回宋江喚入問曰賢弟此去如何公孫勝把廟中所見焚符命及雲中顯現之言宋江听說傳令軍士分三路望秦州進發到紅桃山探子报曰紅桃山關隘有軍把守宋江令與士人來問居民曰此山方圓四百餘里中間正路直透秦州城下只見山溪水遇舡隻難行東南兩面都是接天高嶺當初王慶初叛之時在此山不上半年招兵二十万遂侵奪徐州僭称王号今將桃紅山設立關隘城子乃是他姨親偽受金吾大將軍之職姓雷名應春夫妻兩個把守部下有五員大將尽是綠林中出身勇不可當綽号五通神俱封都統制之職一個龔從龍号通烈神一個張應高号雄通神一個畢臣豹号文通神一個邑成能号武通神這五人不知那里人氏雷應春有妻名婆巳娘最是利害使一把潑風刀騎一疋錦花獅子猷上陣之時馬見其猷腳先伏地便能取勝或殺輸之時卽使妖法能呼風喚雨噴水迷人以此王慶

宋江吳用計議進兵

這婦人謀叛侵奪城池今得天兵到來小人不敢隱藏特來报知緣由宋江听罷重賞居民拜謝而去宋江與吳用議曰原來淮西有此異人王慶怎不思为惡總過東鷲山又逢這個去処却怎生奈何吳用曰只須催軍攻打看他如何又作計較宋江依言傳令前哨殺奔紅桃山來却說雷應春聚集五將商議軍情事龔從龍曰日前汪太史遣人來报大宋兵已入境着我們謹防目今宋江長驅而來被奪數座城池只有東鷲山雖過正說間哨馬來报宋兵已過了將近本山秦王又不發兵相助倘至怎生迎敵雷應春曰我這紅桃山關隘堅固他若來時殺得他片甲不回道猶未了又报宋兵屢山寨野而來攻他關隘雷應春就點起軍披掛上馬帶領五將放開關門殺出正迎宋江軍馬應春提刀出馬五個統制官各騎馬執刀在兩傍宋陣上豹頭林冲拍馬挺丈八蛇矛來戰雷應春舞刀相迎到二十餘合兩軍吶喊忽然將雷身落馬畢竟是誰且听下回分解

○第一百五回　宋江攻打秦州城　王慶戰敗走胡朔

干戈擾攘蕩紅塵　致使旌旗向比征　淸洛洹流鳴咽水
上陽深鎖寂寥春　要收沙室初晴雨　柳拂中橋晚渡津
欲問昇平無怨老　鳳樓回首落花頻

話說雷應春和林冲戰二十餘合被林冲挑起一矛刺于馬下那龔從龍見主將落馬急來救時花榮在旗影裡拈弓搭箭覷定射去正中龔從龍面門落馬而死秦明見勝二將大驅人馬掩殺

林冲刺雷應春下馬

将夫四個統制官大敗而走開了關門宋軍也退回人馬傳報中軍宋江聞知勝了頭陣重賞衆冲花荣催兵前進却說四個統制走上關来报知夫人听説大哭即令點軍下關报仇張應高曰夫人省惱生死分定今日宋兵初勝了一陣声势正大若與争鋒未見其利夫人可修書一封报典泰王令撥兵来接應那時方可取勝白夫人怒曰都是你們不用心致失夫主今不报仇并甚敉兵即點人馬下關張應高等只得依從宋軍見了關上一員女将而馬手执一柄潑風刀騎下一疋獅子獸口吐青烟眼射金光蕩開征塵殺来花荣秦明正待迎敵其坐下馬先走不能抵當白夫人招動衆將殺入如剖瓜切菜一般宋江軍大敗白夫人追殺十里收兵上關宋江退四十里屯北計點軍士殺死萬餘被傷者不計其数乱軍中折去河北名將二員宗得真范聞宋江不勝煩惱吳用曰勝敗兵家常事不足為怪今日之罪非戦之罪皆因是那妖婦坐一疋異獸馬見先倒人不可當以此被他勝了一陣今必先除了那獸則他無能为矣宋江曰用何計可以服獸吳用曰昔日諸葛孔明征南蛮之時曾造假獸形如獅子以破蛮兵小弟頗知其法今日兄長可令軍中依法製造五百個毛虫尺用錦絨安頂身上用金箔粧貼其尾用火炬口藏硫黄焰焇臨陣之時驅着假獸回前馬灵隨後想他只有一獸覺見我許多疑真不疑假必能取勝宋江大悦即令人喚木匠照依吳用樣式造完軍人將来運動果然頭搖目動爪舞尾搖如活的一般宋江看曰此去足报前仇明日起兵取關吳用曰且慢進兵目前二人曾說妖婦能呼風喚雨時

吳用令人製造假獸

水迷人也須隄防可再令公孫勝于高阜処候他作法息他風雨令喬法師在中軍以候咒水時來解救我軍都要准備方可兵宋江召二人商議喬道清曰要觧此法除非白虎城四十里井中之水来與我咒我將與衆軍人各飲一口自然無事宋江曰此去白虎城不知多少路公孫勝曰遣馬灵前去不消四五日何難之有宋江喚過馬灵分付前去馬灵曰仁兄之命怎敢有違奈小弟一個去恐取不多雖以應三軍之飲道清曰將十数個葫芦做一排纏在腰間取水足以勾用馬灵听說隨將葫芦以點辭別足踏風火二輪作法騰空而去宋江與衆將商議攻打紅桃山之計過了数日人报馬灵回了宋江請入相見馬灵觧下葫芦道清令傾作一処即書符念咒焚符于水中叫軍人明日打哨人各含一口而來宋江傳令次日平明交進令公孫勝登高阜処以防作法將造下獅子點着尾上火炬推向陣前後之軍搖旗擂鼓吶喊連天殺奔關下關上見宋軍到白夫人領衆將并鉄甲軍一万冲殺下来宋江教推上那獅子口閃金光張牙露爪尾燒火烟口中上面硫黄焰焇那泊西兵見了先吃一驚白夫人坐那一疋獅子倒冲回陣白夫人遂弃了其獸換一疋紅焰馬驕而迎敵宋軍後隊火砲火箭乱放来這里張應高舞刀拍馬赶着白夫人殺去正迎着秦明閒不数合秦明手起棍落將應高打于馬下卓豹見張應高落馬急来救時又遇関勝飛到面前舞起青龍偃月刀攔腰截于馬下白夫人見折了二將取出背上葫芦噴出迷人法望宋軍陣中一噴宋軍倦怠全然不動人各噴出法水舊力大戰白夫人見法

林冲刺雷橫下馬

吳用令人造假[illegible]

宋兵用假獸戰大勝

不行大驚曰原來宋軍中能辦此法即時念動咒語須臾間黑雲四合狂風驟雨走石飛砂樹木拔動公孫勝望見伏劍作法念動真言將劍一指只見風雨頓息宋軍踴躍殺上白夫人望闕便走呼延灼赶上提鞭連磕打落死于馬下藕捉虎吕成能兩個正走入關被追赶來殺入先捉吕成能奪了關隘宋江入到城中點集步將鄒齊只有于茂因追藕捉虎到峽溪口兩個連人帶馬都陷入溪裡溺死宋江痛哭不已令人尋取于茂屍身具棺木埋于岸側傳令把吕成能斬首号令宋江與吳用說曰如今王慶所使淮西之地俱已平復料得戎得甚事吳用曰小弟体訪得地方居民來秦州後面接連胡　去沙漠不遠倘或我軍俱入其地過得緊急王慶走入胡地為患不小兄長可與戶元帥分支軍馬從水路駕船先行必而秦州之後截住王慶走路這里大兵直抵秦州城下攻打使他進退兩難內必先变此萬全之策宋江依計遂請戶俊義飛龍將前去帶將五員柴進李應朱仝鄧天壽陶宗旺步兵二萬先往九鸿河撥去九十号戰船應用不數日間船隻已到峽江口俊义辭別而去有詩為証

戰艦遂起浪滔已　劍戟橫空殺氣高
宋江此去功成就　王慶奸謀却怎逃

宋江離了紅桃山望秦州攻打哨馬報入秦州王慶听得宋軍過了紅桃山即聚文武百官都到殿前計議退宋軍之策只見參政滑致忠奏曰臣前汪太史說天罡星入境主刀兵之事各處告急文書雪片而來取討救兵陛下常若不聞不發一騎救應致使宋軍勢大一連取了數座城如

汪太史奏王慶降宋

今軍馬已近秦州事在危急况此孤城如何保守陛下若不准備迎敵誠恐兵臨城下那時誰汪太史奏曰小臣夜來仰觀星宿我王將星已沒不如修下投降表又使人獻與宋江開城迎接以保其身此為上計若准備迎敵枉損軍民無益也柳元卿奏曰太史之言差矣我王納表投降未必宋肯容納我這秦州城中尚有精兵九万猛將數十員他兵到來與他次一勝負若果天意不順君臣走入胡朔此下計也豈肯束手受降自取滅亡哉王慶依其言即傳勅旨着令太子王龍同汪太史并樞密方翰守城柳元卿潘致中為護駕元帥孫明周積焦虎陳龍為統軍正先鋒點起精兵二万出城四十里地名密慶寺屯扎連營十數里佈設犄角甚是嚴固以備迎敵宋江人馬望見淮西營寨戈戟層層旌旗閃閃宋江即同吳用花榮等前來觀望地勢問知士民前面屯軍地名是那里居民曰是密慶寺吳用听罷拱手稱賀曰王慶合休矣今將軍馬屯在此寺名密慶寺密字與滅字同音王慶此番擒滅宋江大喜回營調撥軍將作三隊征進第一隊秦明花榮林冲第二隊關勝呼延灼魯智深第三隊自部李逵項充李袞等步兵接應分撥已前部秦明先到人馬如潮湧而進只見先鋒孫明引兵一万與秦明鬥了三十餘合不分勝敗西陣上周積見孫明不勝持着花斧從傍殺將過來夾攻林冲看見拍馬挺矛接住周積交鋒花榮見秦明不勝拈弓搭箭望孫明一箭射來孫明急躲被秦明一棒打下馬來周積見了却慌被林冲手起一矛刺于馬下宋軍乘勢大勝一陣死者不計其數收兵回見宋江大悅便率三軍圍了王

秦明棍打孫明下馬

慶省巢密慶寺敗軍回報王慶說孫明周積俱被殺死宋兵圍了山下水泄不通王慶大驚與衆文武曰宋兵圍困甚急怎生奈何溫致中奏曰陛下親臨監戰以退宋軍若再不勝復回秦州又作計較王慶依其言即領護駕軍一万五千文武寺衆雜寺排下陣勢宋江在中軍听得報知王慶親臨監戰急忙到陣前对陣見王慶頭戴紫金盔身穿滚龍袍立馬于陣前看見宋江便令先鋒馮虎陳龍出戰各執大刀殺奔宋陣司存孝手提鋼叉敵住馮虎馮資持方天戟戰住陳龍兩下吶喊四將在陣中絞做一塊厮殺戰到良久馮虎伏平生威刀大喝一声早把司存孝斬于馬下洪見存孝落馬心慌被陳龍一刀劈死宋軍唐斌見折二將大怒舞刀跑出陣前戰住馮虎閒不數合唐斌拖刀便走馮虎拍馬赶來唐斌背使一刀將馮虎斬于馬下文仲容大叫曰不就這里捉拿王慶更待何時拍馬持刀殺入西兵陣中正遇王慶牙將黃建章挺鎗來敵被文仲容一刀斬為兩段王慶見勢頭不好勒馬便走宋江鞭梢一指三軍踊躍殺來潘致中柳元慶急保王慶走入秦州堅閉城門宋江令軍攻圍三門只留北門以老弱軍圍之王慶在城中如坐針氈與衆商議曰此一孤城外無救兵如何是好柳元慶奏曰我主勿憂城中粮草尚勾一年支放軍卒士兵尚有数万足可保守况且秦州城郭堅固高壍深滿今宋兵深入我地豈能久乎臣引軍士往來巡守四門臨机應敵王慶不理軍士日夕在宮中與妃子取樂飲酒秦州百姓恨入骨髓多有献城之人宋軍日夕攻打城上每々將木石火炮打下不能近前將困二十餘日無計

王慶城中與妃取樂

奈何宋江見攻城不破又值春雨宮地濕氣人馬生病甚是憂悶與吳用商議曰只此孤城尚攻不破吳用曰秦州地勢原來春秋時山河險固之地城郭堅完粮草積多此賊恃以堅守故此難破公孫勝入營中对宋江曰仁兄有計攻秦州否宋江曰正憂無計公孫勝曰貧道略施小計使秦一攻而破宋江曰願聞其詳公孫勝附耳密言如此如此宋江听罷曰此計大妙必定成功即日傳令教各門軍士將乾柴乱草堆積與城門一般高准備火攻只留北門不燒與賊人走再令凌振城下安排炮架以候施放火炮擇定十二月甲子夜舉火不許違悞各門都去准備依計而行只候舉火公孫勝踏夜登城披髮仗劍步罡祭風將次二更只見東南風起即令人報知凌振放起號炮那炮响处地震山搖東西南三門火起風從火起火称風威照得滿天通紅有詩為証

炎々烈焰熖乾坤　火称風威此夜焚

妙筭神机誰可及　當時法術羨公孫

城中听得外面炮响連天又見火光焰耀守城軍各奔回看家柳元卿入宮報知王慶心慌轉身走出只見東西南三門俱各燒燬惟北門無人守把王慶披掛上馬同太子親屬隨從官員開北門望沙漠逃走汴太史開西門放宋兵殺入宋江等大隊人馬都入秦州軍將擁入王慶宮中收拾器仗金銀寶貝無數侍從嬪妃共計二百餘人是時天色微明宋江出榜安民令人救滅各处火衆將請功已了宋江計點將士勒了胡士成胡逵皆中矢石而死汴太史俯伏帳前請罪宋江扶起曰曾有百姓称說太史屢劝納降不

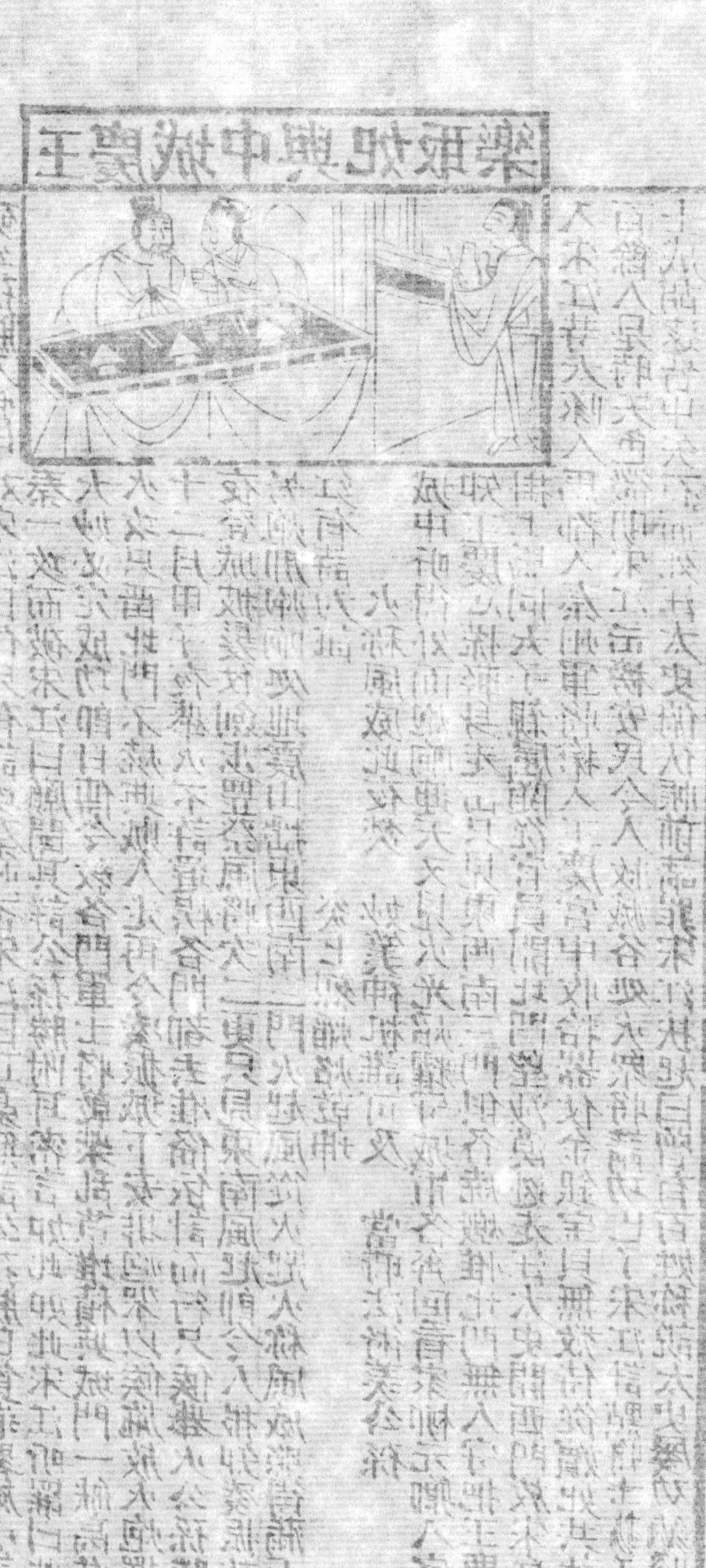

後致有今日之敗況公又有獻城之功雖有前罪足可贖罪汪太史再拜稱謝宋江聞知王慶走開比門花榮領侍從投奔胡廸郎令花榮秦明林中關勝呼延灼率鐵騎一万追襲務要生擒王慶

王慶走流沙河尋路

却說王慶等走而秦州行了一夜大困馬之各在鄉林擄食王慶與潘致中柳元仰等二百餘人歇下草坪聚安鍋造飯王慶見了汪已淚下典衆曰今日国破家亡隨從精兵猛將不留一個是我誤戚之日你衆人斬吾首級獻與宋江以保衆之難苦君恋我行何益也柳元要各曰王公勿憂今跳而龍虎窟之中前去胡地一望之地投胡王借兵再來報仇復與王業我衆人生死決不相離說猶未了只見後向旌旗蔽日人馬趕來衆人大驚呼声快走且听下回分解

此一回折將七員　宗得真　范商　于茂　司存孝　洪資　邦士成　胡逵

○第一百六回　公孫勝辭別居鄉　宋公明勅征方臘

紫宸分笋向閑果　勝氣威聲震若雷　賊寇聞風雄胆落
軍民沾德感眉開　十年洒柳千年慕　一世甘棠百世懷
也幸功成偕促緊　又辭泌剴鏟雲臺

話說王慶走到流沙河岸覓船隻無救令九沿河大叫秦州兵馬特來投降胡王哨船上立曰吾等胡地進粮之船既是秦州兵馬莫非秦王麼王慶曰正是那人曰秦王素與我胡地有恩可作急下船即將船隻撑近岸来接王慶等衆人下船停當只見後背船頭鑼鳴船上衆軍乃是盧俊義等把王慶捉住綑縛了原来盧俊義柴進李應各領步兵預先將戰船塞斷河路以防王慶走過等了六日果然等到有詩為証

做匕無計走胡沙　勝敗兵家事可嗟　堪笑往施空費力　一時船上盡遭拿

宋公明等班師回京

盧俊義等綑縛王慶登岸花榮關勝追兵也到河口見捉下了王慶不勝之喜典關勝等合兵一処把王慶衆人觧赴秦州来見宋江郎將王慶走來事訴了一遍宋江大喜傳令把王慶用囚車觧京其餘侍從人皆斬首懸街四門示衆宋江平復淮西將王慶建造宮殿悉行拆毀設下太平筵宴犒勞軍將已畢令孔目裴宣錄了各人功績以候陞賞次日宋江曰俊义與衆將商議班師只用一員秦州又近胡地兄長可令人鎮守朕後回軍可保長久宋江曰汪大史深有智謀郎召來見委以鎮守秦州之職汪太史曰既元帥有命安敢推辭再求一人相助宋江曰就着魏益時與你同守汪太守拜謝領令軍中事務調撥已定宋江把王慶交了觧京回軍來到溧陽孫立宣贊郝思文韓滔彭玘等一十員將而郭迎接入城委不然得力军官鎮守溧陽與孫立等合兵一処回到涼州朱武軍平楊志等接見令人报知張招討只用劝宋江留兵鎮守宋江遂至県兵一万同劉衡都監鎮守郎離了梁州來到石城張招討出郭迎接宋江郎忙下馬張招討亦下馬相見二人並馬入城張招討曰恭賀將軍又成大功寔乃朝廷之福生民之天也宋江答曰小將征河北回來又聞討將奉上勅命西討淮西臨陣冲突矢石為国亡身不想衆將折去一半

宋公明劫寨回師京

王慶走淅川河壽路

宋江盧俊義見天子

使宋沽銀不傷悲張招討　諸將为朝廷出力而死各郎頭揚錄其功勞奏與天下封蔭子孫足而拔功不必深慮下官之言王不相負宋江拜謝是日張招討設宴賀功尽醉而散宋江停了數日幹了事務即議両君來見張招討招討依其言遂將人馬分撥両城宋江與吳用商議就在石祈城東門龍仙觀命道士修設大醮超度陣亡將士三日三夜完滿時有柏秝下祥思病不能起行宋江遂留其丁下江看視医治有鄭全忠不願朝京却來拜辭宋江回鄉奉母宋江苦留不住多贈金帛而去後來下祥病重死在石祈城其子下江扶父灵柩歸葬只有柳緣未知所終宋江收拾軍馬離了石祈城回到京師屯軍于豐丘門外所候聖旨郎宣宋江盧俊义両君天子曰卿寺遠征勞苦平復淮西勳屬其功不小寡人更加封官宋江奏曰臣頼陛下洪福擒捉王慶因檻車中所候处决臣此回両征損將甚多比征河北大遼不同乞聖恩旌獎为国陣亡之將臣寺有淮西一路江王慶之乱民不聊生更乞聖恩免其粮差三年使逃亡之民得以復業不勝万幸天子聞奏敕命省院官計議封爵処决王慶事問郎免淮西粮差寺項大師蔡京太尉高俅出班奏曰宋江寺功勞甚大臣寺約詳議定奪陣亡之將重加旌奬登録其子孫各受指揮使之職宋江曰俊义權受先鋒職分統率部下護衛京城王慶造反凌剮処死天子准奏設下御宴當賜宋江盧俊義并左右侍臣有詩为証

京能包鳳品稀奇　一槽拔歌喉帝眾時　案上功名成不易　誰知沉溺烈男兒

公孫勝喬道清辭歸

當日天子欽賞宋江錦袍一領金甲一副名馬一疋盧俊義寺賞賜尽于內府関支宋江寺謝恩而到西華門外上馬同到行營安歇次日公孫勝與喬道清來見宋江曰何日本師羅真人分付令小道送仁兄還京便回山小学道今日功成名遂貧道就此拜別而去從師侍養老母望仁兄休失前言宋江見說下淚曰我想昔日兄弟相聚如花始開今日分別如花残落吾法師與我相投未久軍中多得先生指教不敢負汝前言中心豈忍分割公孫勝曰若是小道半途相別便是寡情薄意今來仁兄功成名遂此処非貪迫所趋依望仁兄曲允宋江再三挽留不住便教設席餞行眾皆難捨各以金帛相送公孫勝推卻不受眾兄弟只顧打拴在包裹裡公孫勝喬道清拜辭宋江寺望北去了有詩为証

斡運玄机妙無窮　藪牛相與建奇功　一旦恩鄉帰旧德　飄然長往入山中

此時久值正旦節諸官准備朝賀蔡京恐水江人寺都來朝賀天子見之必當重用随即奏聞天子降下聖旨只許宋江盧俊义二人朝賀其餘尽皆免朝是日駕坐紫宸殿百官朝賀宋江盧俊义隨班侍下仰觀殿上玉簪朱履紫綬金章往來称觴祝寿自天明至午牌始沾恩賜酒百官朝散天子入宫宋江盧俊义同告回有悶色吳用寺接着見宋江不悅衆人拜罷立于兩邊宋江低頭不語吳用問曰兄長今日朝賀回來何故愁悶宋江嘆曰我想一生命運迎年平復烟塵受了許多勞苦今日連累兄为無功因此愁悶吳用曰兄長功名分定不必多慮未遂自得七好我寺思初在梁山泊不受一個

李俊等請吳用議事

入的気今日要招安却惹煩惱放着我兄弟們再上梁山泊却不快活宋江曰這黒禽獣又來無礼如今做了国家臣子豈可再復為非李逵又曰哥々不听明日還要受気衆人都笑且捧酒與宋江添寿酒罷各散次日宋江引十数騎入城到宿太尉趙樞密張招討各衙門賀節往來城中有人報蔡京説知此事次日奏過天子傳旨教省院出榜禁約但凡出征官員許于城外下營听候調遣不許擅入城如違定依軍令有人逕來報知宋江轉添愁悶衆將得知亦皆焦燥各懐怨心有詩

聖主为治本無差
胡越從來自一家
何事被奸行詭計
一不容忠义入京華

且説水軍頭領來請吳用商議事務吳用去到船中見了李俊張横三阮俱対軍師説朝廷失信奸臣弄权俺們建了許多功勞不見陞賞如今反張榜文禁約我等不許入城今請軍師做個主張就這里殺起來再回梁山泊豈不美哉吳用曰宋公明建下這般功績断然不肯自古道蛇無頭不行我如何敢主張六將見吳用不肯忿怒不已吳用見宋江曰仁兄往常自由自在衆兄弟快活今为国家臣子不想到被拘束弟兄們都有怨心宋江驚曰必定有人在你面前説甚話來吳用曰此是人之常情富與貴是人之所欲貧與賤是人之所悪覩形察色見貌知情宋江曰弟兄若有異心吳當死于九泉之下忠心不改便會集諸將到帳前曰俺是鄆城小吏云身犯了刑罪託賴衆兄弟扶持尊我为首今日得为臣子寔乃萬幸朝廷雖然出榜禁治理合如此我等軍兵又多倘或因而惹禍必然以法治罪却又害了名声如今不許

燕青李逵入城看燈

我等入城去却是万幸汝衆兄弟若生異心先斬吾首級然後行事衆人听罷俱各垂淚設誓而散詩曰

堪羨公明節操堅
矢言忠鯁少欺偏
不負久崇忠心約
可愧黄泉自刎言

宋江諸將自此無事並不入城看々上元節至東京年例大張灯火慶賀元宵燕青與樂和商議曰往年元宵錯過今點放花灯我兩個潜入城中看灯便回忽李逵曰你們看灯帯挈我去燕青曰我和你去不打緊只吃你性子不好惹出事端正中省院之計李逵曰吾今不惹事了燕青曰明日換衣巾扮作客人入去李逵大喜次日打扮齊備不與樂和自與時迁先入城中燕青洒脱不開只得與李逵不敢從陳橋門入城却從豊丘門入城到街坊所拘攔內鑼响李逵定要入去燕青只得和他挨入人叢中听得説評話正説三国志説到関雲長刮骨療毒故事李逵大叫曰好男子衆人大驚都看李逵燕青慌忙劝曰李大哥你好村拘攔瓦舍如何使得大驚小怪李逵曰説到這里不由人不喝采燕青拖扯李逵出了桑家瓦轉過一串道只見一個漢子飛磚擲瓦去打一人家曰你這厮二次不肯還我錢鈔到打我房屋李逵路見不平便要去劝燕青抱住李逵睜眼要和他厮打那漢子曰我自和他有帳討錢干你甚事即日跟張招討下江南出征去你休惹我到這里去也是死要打便和你打死在這里也落得一付好棺材李逵听罷曰却是甚麼下江南燕青曰劝開了两個輌行出串道見一個茶肆二人入去吃茶見個老者燕青曰請問老父却纔巷口一個軍漢厮打説道要跟張招討下江南請問端的那里去出征那個老人曰

如今淮南草寇方臘反了，占去八州二十五縣，從睦州起至潤州，早晚來打揚州，因此朝廷差張招討領都督去剿捕方臘。燕青李逵聽了這話，還了茶錢，回城到營，來見宋江，訴知江南方臘造反，朝廷差張招討領兵去征。宋江聽了，便曰：我等軍馬閑居在此，不若便入告知宿太尉，保奏我等情愿再起兵前去征方臘。會集眾將商議，皆大喜。次日宋江更衣，帶領燕青逕入城中，直至宿太尉府內投見。宿太尉曰：將軍何事更衣而來？宋江曰：省院官樓俱生，而征官不許擅自入城。今日小將私至，聽得江南方臘造反，占住州郡，僭改年号，早晚渡江來打揚州。宋江等人馬久閑，在此情願部領兵馬前去征剿，盡忠報國，望恩相保奏。宿太尉大喜曰：將軍屢次為國為民，有何不可。將軍請回，來日早奏知天子，必當重用。宋江辭宿太尉回营。宿太尉次日早朝入內見天子，披奏此事。文武正說江南方臘作反之事，天子見方臘下下樞密官師奏并十二員統制官，把住江岸，若不得潤州為家，難以抵敵。宋江聽了，便問吳用曰：吳用曰：揚子江中有金焦二山，靠着潤州城郭，可教幾個弟兄去打探隔江消息，用何船隻可以渡江？令水軍頭領前來聽令：你眾兄弟誰人先去探隔江消息？只見四員水將盡皆願往。且聽下回分解。

萬里長江水似傾，東歸大海若雷鳴。
滔滔雪浪人驚怕，湧湧洪波鬼亦驚。
竭力每因清國難，勤王端拱耀天星。
潛踪歛迹金山下，斬將搴旗在此行。

第一百七回 張順夜伏金山寺 宋江智取潤州城

話說這揚子江有九千三百里遠，接三江，并通大海，中間通多少去處，叫做萬里長江。地分吳楚，江心內有兩座山，一座金山，一座焦山。金山有寺，寺遶山起蓋，謂之寺裹山；焦山上一寺藏在山凹裡，此寺謂之山裹寺。這兩座山生在江中，正占着吳頭楚尾，一边是淮東揚州，一边是浙江潤州，今見鎮江。且說潤州城，却是方臘手下東樞密使呂師囊守把江岸。此人原是歙州富戶，因獻納錢粮與方臘，封為東廳樞密使，幼年曾讀兵書戰策，慣使一条丈八蛇矛，武藝出眾。部下管領十二統制，号十二君，却是擎天神福州沈剛、游奕神歙州潘文德、遁甲神睦州應明、六丁神明州徐統、霹靂神越州張近仁、巨靈神杭州沈澤、太白神湖州趙毅、太歲神宣州高可立、吊客神常州范疇、喪門神潤州萬里、豹尾神江州和潼、黃幡神蘇州沈能。話說呂師囊共統領五万南兵，扼住江岸，擺列戰船三十餘隻。江北岸却是瓜州渡口。此時宋江兵將水陸並進，已到淮安，約至揚州取齊。宋江與吳用計議：此江南岸上便是賊兵守把，誰人先去打探消息，可以進兵？帳前轉過四將，柴進、張順、石秀、阮小七皆云願往。宋江曰：你四個人分作四路，直到金焦二山打探回話。四人扮做客人，先投揚州，分別石秀和阮小七投焦山去了，柴進、張順走奔瓜州來。此時正是初春天氣，日暖花香，到得揚子江边，凭高一望，滔滔雪浪，滾滾烟波。有詩為証：

万里烟波万里天，紅霞遙映海東边。
打魚舟子渾無事，醉擁青蓑自在眠。

柴進二人見此四山下都是青白旗，江边擺着戰船，瓜州路上雖有房屋，並無人住，又無渡船

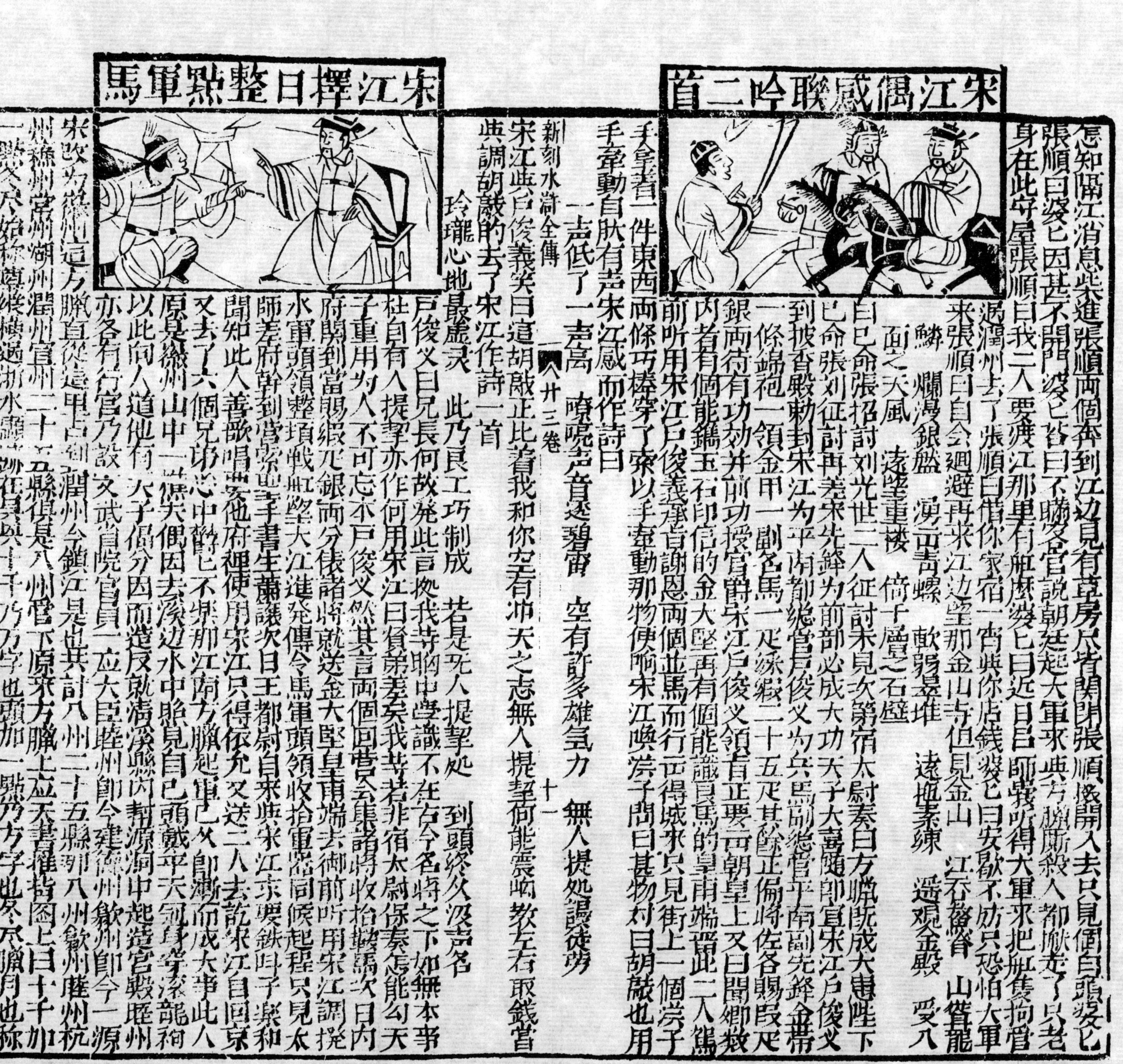

宋江偶感聯吟二首

宋江擇日整點軍馬

怎知隔江消息柴進張順兩個奔到江边見有草房尽皆関閉張順撥開入去只見個白頭婆已張順曰婆已因甚不開門婆已答曰不瞞各官說朝廷起大軍來與方臘厮殺人都搬走了只老身在此守屋張順曰我二人要渡江那里有船麽婆已曰近日邑師聽得大軍來把船隻拘管過潤州去了張順曰借你家宿一宵與你店錢婆已曰安歇不妨只恐怕大軍來張順曰自会迴避再來江边望那金山寺但見金山

江吞鰲脊　山聳龍鱗　爛漫銀盤　湧出青螺　軟弱晏堆　遠拖素練　遥观金殿　受八面之天風　遠望重樓　倚千層之石壁

自巳命張招討刘光世二人征討未見次第宿太尉奏曰方臘既成大患陛下巳命張刘征討再差宋先鋒为前部必成大功天子大喜隨即宣宋江卢俊义到披香殿勅封宋江为平南都總管卢俊义为兵馬副總管平南副先鋒金帶一條錦袍一領金甲一副名馬一疋綵緞二十五疋其餘正偏將佐各賜段疋銀兩待有功劾并前功授官爵宋江卢俊义領旨正要出朝皇上又曰聞卿數內者有個能鐫玉石印信的金大堅再有個能識良馬的皇甫端留此二人駕前听用宋江卢俊義承旨謝恩兩個並馬而行出得城來只見街上一個崇子手拿着一件東西兩條巧棒穿了索以手牽動那物便响宋江喚崇子問曰甚物对曰胡敲也用手牵動自肽有声宋江感而作詩曰

一声低了一声高　嘹喨声音透碧霄　空有許多雄氣力　無人提処謾徒勞

宋江與卢俊義笑曰這胡敲正比着我和你空有冲天之志無人提挈何能震响　教左右取錢賞與調胡敲的去了宋江作詩一首

玲瓏心地最虛灵　此乃良工巧制成　若是死人提挈処　到頭終久没声名

卢俊义曰兄長何故発此言據我等胸中學識不在古今名將之下如無本事柱自有人提挈亦作何用宋江曰賢弟差矣我等若非宿太尉保奏怎能勾天子重用为人不可忘本卢俊义然其言兩個回營会集諸將收拾戰馬次日內府関到當賜緞疋銀兩分俵諸將就送金大堅皇甫端去御前听用宋江調撥水軍頭領整頓戰船經大江進発傳令馬軍頭領收拾軍器同候起程只見太師差府幹到營索要書生蕭讓次日王都尉自來與宋江求要鐵叫子樂和聞知此人善歌唱要他府裡使用宋江只得依允又送二人去訖宋江自回京又去了六個兄弟心中鬱々不樂那江南方臘起軍已久即漸而成大事此人原是歙州山中一樵夫偶因去溪边水中照見自己頭戴平天冠身穿滾龍袍以此向人道他有天子之分因而造反就清溪縣內幇源洞中起造宮殿睦州亦各有行宮乃設文武省院官員一应大臣睦州即今建德州歙州即今一源宋改为嚴州這方臘直從這里占到潤州今鎮江是也共計八州二十五縣那八州歙州睦州杭州蘇州常州湖州潤州宣州二十五縣俱是八州管下原來方臘上应天書推背圖上曰十千加一點冬尽始稱尊縱橫過浙水顯跡在吳興　十千乃万字也頭加一點乃方字也冬尽臘月也稱

張順回報宋江消息

尊者乃南面为君也正应方臘一十六字占拠江南八州再說宋江選日出征辭了省院諸官當有宿太尉趙樞密親來送行賞犒三軍水軍頭領已把戰船從泗水入淮河望淮安軍壩俱到楊州取齊宋江户俊义謝辭宿太尉趙樞密上路將軍馬分作五隊取旱路投楊州來前軍已到淮安縣屯扎當有本縣官員迎接宋先鋒入营中听說方臘賊兵浩大不可輕敵前面便是楊子大江九千三百餘里外海此是江南第一險隘去処隔江却是潤州如今

櫓聲高傍滄海日　講堂低映碧波雲　無边閣看萬里征帆　飛步亭納一天秋氣　郭璞墓中龍吐浪　金沙寺裡鬼移灯

張順等看了一会回曰呂樞密必到這山我且今夜去寺裡必知消息回來和柴進商量道如今來到這裡一隻小舡也沒有怎知隔江之事我今夜把衣服打拴了兩個大銀頂在頭上直赴過金山脚去把些賄賂與那和尚討個虛實回報你們在此等候柴進曰事完快回是夜星月交輝水天一色張順脫了衣服拴縛在頭上帶一口尖刀從瓜州下水直到金山脚下見石岸边纜着一隻小舡張順扒上舡穿了衣服听譙打三更見一隻小舡搖將下來張順曰這舡來得蹺蹊必有奸細張順又脫了衣服拔刀再跳下水直赴舡边却從水底下扳住舡隻把兩個搖櫓的殺下水去張順跳上舡那舡艙裡鑽出兩個人來張順一刀又砍一個下水那個唬倒在舡艙裡張順喝曰你是甚人寔說饒你性命那人曰小人是楊州城外陳將士家幹人到潤州投到呂樞密献粮那里便個虞候和小人同回要索白米五万石舡三百隻作

燕青詐計來見陳觀

進奉之礼張順追那虞候姓甚名誰見在那里幹人道恰纔被好漢砍下水去的便是今年正月初七日渡江呂樞密教小人去蘇州見御弟三大王方貌關了号色旌旗三百面并主人官誥封为楊州府尹更有号衣一千領及扎付一道張順問曰你的主人家有多少人馬兵成曰人數千馬疋兩個孩兒陳益陳泰張順問了備細一刀把兵成砍下水去搖舡到瓜州來見柴進把前事一一說了就舡裡取了名誥并号旗雜色号衣做兩担把舡再摇到金山脚下取了衣服拴轉瓜州岸边天色方曉張順把舡砍漏沉水來到屋下帶伴當挑担逕回楊州此時宋江軍馬俱屯楊州城外本州官員迎接入城赴宴柴進張順來舘驛中見宋江備說了一遍吳用曰既有這個机会取潤州易如反掌先拏陳觀大事便定只要如此而行宋江曰正合吾意即喚燕青扮作葉貴虞侯解珍解宝扮作南軍三人依計而行取路投定浦村來到陳將士庄前有二三十個庄客都是一般打扮燕青便改作浙江人鄉談與庄客相見庄客曰你們那里來的燕青曰從潤州來此庄客見說便引燕青來見陳將士曰閣下何処到此來燕青曰教閑人迴避方敢対相公說陳將士曰這几個都是我腹心人但說不妨燕青曰小人姓葉名貴是呂樞密帳前虞候正月初七日接得吳成密書樞密甚是歡喜特差小人引吳成到蘇州見御弟三大王啓奏王上就封相公为楊州府君吳成因感傷寒病症不能回樞密特差小人送到相公官誥文書等項剋日要粮食舡隻前赴潤州交割宣諭便取官誥文書一與陳將士看了大喜便喚二男陳益陳泰出來相見燕

弘俊詐稱見吕師囊

吉教解珍解宝二人取西号衣号旗当所交付陳将士便敎設席相待陳益将酒共父親慶賀燕
青把眼一解珍解宝行事解珍取出蒙汗藥放在酒壺裡燕青劝曰葉貴相公酒量叔为賀
之意便用一大鍾劝陳将士藥酒便劝陳益陳恭各飲一杯燕青把酒共衆庄客各飲一鍾那解
珍去尋了火種放起引炮燕青見衆人都倒了掣出短刀和解宝動手都砍下
頭来庄門外十個好漢殺將入来魯智深武松史進李逵李袞鮑旭楊林薛永
并衆庄客都走散燕青解珍解宝将陳将士父子首級出到門外又到来六員將
佐朱全宗趙張清樊瑞李忠周通圍住庄院門把陳将士一家尽皆殺了擎住
了庄客引去浦裡看時泊着三四百船隻装載粮米在内衆将飛報宋江便與
吳用計議進兵辭了張招討部領大隊人馬到陳将士庄吳用曰選三百隻快
船各插方降来旗号軍漢各穿号衣船內埋伏二万餘軍着穆弘扮作陳益李
俊扮作陳恭各坐一大船穆弘帶十二個偏將項充李衮鮑旭薛永楊林杜迁
宋万鄒淵鄒潤石勇李俊帶十二個偏將童猛童威孔明孔亮鄭天壽李立李
雲施恩白勝陶宗旺第二撥船上張横張順各帶六個正將肖正杜興龔旺丁
得孫唐世隆次後張順船上帶六個偏將孟康侯健湯隆焦挺張瓊郁正第三
撥船上帶十員正将史進雷横楊雄刘唐蔡慶張青李逵解珍解宝柴進分撥已定宋江把船隻
装載馬疋将佐渡江水軍頭領阮小七阮小五總行催督却說潤州哨軍見三百戰船都插護送
衣粮旗号根入呂樞密聚集統制官帶領精兵自來江边下馬坐在交椅上十二個統制官把住

新刻水滸全傳　八十三卷　十三

方臘傳旨與吕師囊

江岸看見前面首船傍岸穆弘李俊見呂樞密起身声喏左右虞侯喝令住船前一百船後二百
船做兩下擺定客帳司下船問曰船從那里來的穆弘曰小人姓陳名益兄弟陳恭父親陳觀特
遣献納白米五万石船三百隻來謝樞密保奏之恩客帳司曰前日樞密相公使葉貴虞侯同去
怎不來見穆弘曰葉貴和吳成糓時瘦在庄上養病今將關防文書在此客帳
司接了文書上岸禀知樞密看了發喚二人上岸穆弘李俊上岸隨後二十四
個偏將都跟上去排軍喝曰卿相在此閑雜人不得近前穆弘李俊叅拜了跪
在察前呂樞密曰你父親如何不來穆弘曰父親聽知宋江領兵到来未敢擅
離呂樞密曰你兄弟曾習武藝否穆弘曰托賴恩相紉曾習練呂樞密曰你們
來到恐有他意穆弘曰小人父子一片赤胆忠心怎敢半點外意呂樞密曰吾
觀你船上軍漢非常不由不疑你兩個只在這里吾差四員統制官下船搜看
但有分外之物決不輕恕言猶未了只見探馬報曰有聖旨到南門外請相公
去迎接呂樞密上馬分付把住江岸那陳益陳恭跟隨我來穆弘李俊皆跟呂
樞密先去了到南門外接着天使乃是方臘侍前引進使馮喜啓告呂樞密曰
近日司天太監奏曰夜觀天象有無數罡星入吳地就裡為禍不小天子特降
聖旨敎樞密緊守江岸仔細盤詰呂樞密驚曰恰纔這一船人我十分疑忌如今却纔道語卽請
馮喜到行省開讀聖旨飛馬又報蘇州有使命賫勅來御弟三大王令旨到了說你前日楊州陳
將士投降一事未可准信近日奉聖旨司天臺內照見罡星入吳可以牢守江岸呂樞密曰大王

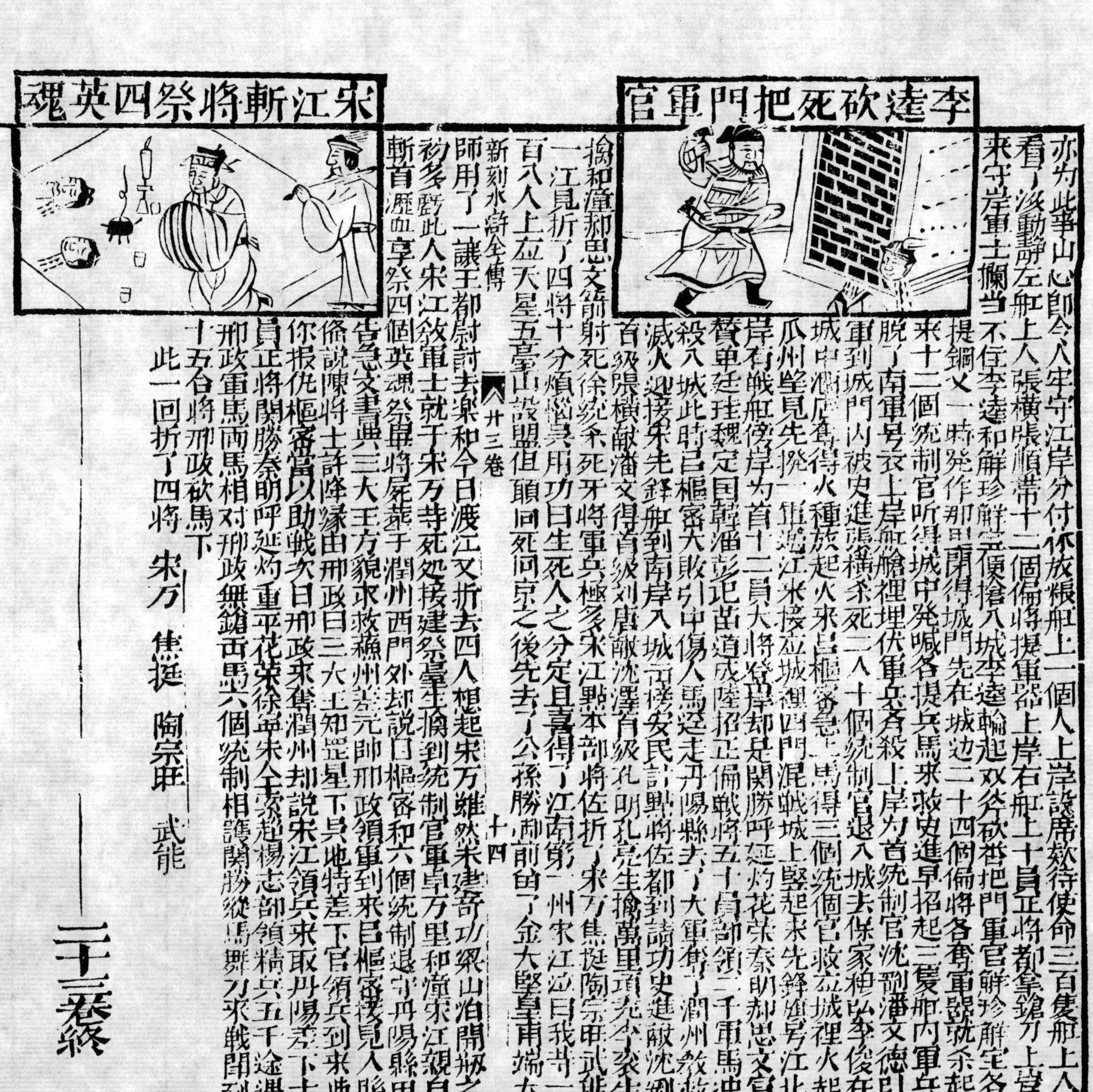

李逵砍死把門軍官

亦为此事山心郎令人牢守江岸分付作放粮船上一個人上岸設席款待使命三百隻船上八看了沒動靜左船上人張横張順带十二個偏將提軍器上岸右船上十員正將都拿鎗刀上岸来守岸軍士攔当不住李逵和解珍解宝便搶入城李逵輪起双斧砍番把門軍官解珍解宝各提鋼叉一時発作那里閘得城門先在城边二十四個偏將各奪軍器就杀起来十二個統制官听得城中発喊各提兵馬来救史進早招起三隻船内軍兵脱了南軍号衣上岸舡艙裡埋伏軍兵齊殺上岸为首統制官沈剛潘文德引軍到城門內被史進張横杀死二人十個統制官退入城去保家神劉季俊在城中燃尾奪得火種放起火来吕樞密急上馬得三個統制官救应城裡火起瓜州望見先撥一隻遊江来接应城裡四門混戰城上竪起宋先鋒旗号江北岸有戰船傍岸为首十二員大將登岸却是関勝呼延灼花栄秦明郝思文宣贊单廷珪魏定国韓滔彭玘凿道成陸招正偏戰將五十員部領二千軍馬冲殺入城此時吕樞密大敗引中傷人馬逕走丹陽縣去了大軍奪了潤州救滅火迎接宋先鋒舡到南岸入城市樣安民計點將佐都到請功史進敵沈剛首級張横敵潘文得首級刘唐敵沈澤首級孔明孔亮生擒萬里項充李衮生擒和潼郝思文箭射死徐統杀死牙將軍兵極多宋江點本部將佐折了宋万焦挺陶宗旺武能一江見折了四將十分煩惱哭用功曰生死人之分定且喜得了江南第一州宋江心曰我昔一百八人上应天星五臺山設盟但願同死同京之後先去了公孫勝却前留了金大堅皇甫端太

宋江斬將祭四英魂

師用了一讓王都尉討去梁和今日渡江又折去四人想起宋万雖然未建奇功梁山泊開掀之初多虧此人宋江教軍士就于宋万寺死処接建祭臺生擒到統制官軍卓万里和潼宋江親自斬首瀝血享祭四個英魂祭畢將屍葬于潤州西門外却說吕樞密和六個統制退守丹陽縣申告急文書與三大王方貌求救蘇州若元帥邢政領軍到来吕樞密接見入縣備說陳將士許降緣由邢政曰三大王知罡星下界地特差下官領兵到来典你报仇樞密當以助戰次日邢政来奪潤州却說宋江領兵来取丹陽若下十員正將関勝秦明呼延灼重平花栄徐寧朱仝索超楊志部領精兵五千途遇邢政軍馬兩馬相对邢政無鎗西馬鬥六個統制相護関勝縱馬舞刀来戰閈到十五合將邢政砍馬下

此一回折了四將　宋万　焦挺　陶宗旺　武能

二十三卷終

新刻全像忠義水滸傳二十四卷

○第一百八回　盧俊義分兵宣州道　宋公明大戰毗陵郡

罡星煞曜遊江東　步足妖氛一掃空
鞭指毗陵如席捲　旗飄帝国似摧蓬
一心直欲齊中国　衆力那堪揖千風
今日功名青史上　萬年千載播英雄

宋江拈鬮分兵征伐

却說呂樞密軍兵大敗棄丹陽縣走常州去了衆將接宋江入城歇盧俊義曰今打宣湖二州我與你對天拈鬮若拈着所征地方便引兵去征宋江拈得常蘇二州盧俊義拈得宣湖二州把衆將均分一半楊志患病不能征進留守丹陽其餘將佐分撥兩路宋先鋒領正將一十五員偏將三十九員呼保義宋江軍師吳用李應關勝花榮秦明徐寧朱仝魯智深武松史進李逵戴宗唐斌文仲容偏將黃信孫立宣贊郝思文韓滔彭玘樊瑞馬麟燕順項充李袞鮑旭杜興孔明孔亮凌振蔡福蔡慶段景住侯健蔣敬安道全郁保四宋清裴宣潘遠潘退邊文進戎江索賢慶世隆麥元傳張瑾邰正那玉大小正偏將佐五十三員隨行精兵三萬人馬副先鋒盧俊義亦分將佐攻打宣湖二州正將一十七員偏將四十四員軍師朱武柴進林沖董平呼延灼索超穆弘楊雄雷橫解珍解寶張清劉唐史恭雀禁孔呂偏將單廷珪魏定國長史呂方郭盛歐鵬鄧飛李忠周通陳達楊春鄒潤鄒淵李立李雲石勇朱貴朱富孫新顧大嫂張青扈三娘瑞胡孫二娘鄭天壽湯隆曹正白勝龔旺丁得孫王定六時遷項忠陳雷段志仁倪宣茴道成倪光甫降招孫岳大小正偏將佐六十一員隨征精兵一萬小軍頭領自是一夥差去焦山打探石秀阮小七回來報曰江陰太倉沿海路徑備細宋江即差李俊等八員領捉小軍五千戰船一百隻跟隨石秀阮小七共取水路正偏將一十員石秀李俊張橫張順阮小二阮小五阮小七童威童猛孟康分撥已定宋江自丹陽分兵只有九十九人不滿百數大戰船都撥與水軍頭領攻打江陰太倉小戰船俱入丹陽隨軍攻打常州呂師囊引殘兵退保常州毗陵郡守城統制官錢振鵬原是清溪縣都頭手下兩員副將金節許定卻說呂樞密失了潤州退回常州錢振鵬兩城迎接入州商議退敵之策錢振鵬曰樞相放心使宋江不敢再覷江南言未畢報到宋江兵至攻打常州禎州呂樞密即令錢振鵬用洩六員統制官相助領五千人馬兩城迎敵錢振鵬使潑風刀騎大兒馬當先關勝兩陣舞刀直取錢振鵬兩馬相交鬥了三十合振鵬力去趙毅范疇挺鎗來攻關勝陣中孫立兩馬迎住六將陣中厮殺呂樞密鳴急投許定金節兩城助戰二將各使大刀兩陣宋軍中韓滔彭玘雙兩金節戰韓滔許定戰彭玘原來金節素有歸降大宋之心略鬥數合詐馬便走韓滔乘勢追去高可立可民慇挽彫弓一箭把韓滔射下馬去被張近仁復一鎗刺死那彭玘見韓滔身死急要報仇撇了許定直奔高可立許定却得秦明也任高可立挺鎗便迎彭玘不提防張近仁捕兩把彭玘刺了馬下

宋江親調精兵報仇

金節與妻商議投降

關勝見折了二將心中忿怒把錢振鵬一刀斬于馬下便來搶那赤兔馬自已坐下馬失前蹄把關勝掀下馬來高可立張近仁便來搶關勝却得徐一宣贊郝思文殺出救了關勝回陣來見宋江說折了韓滔彭玘宋江哭曰誰想渡江以來損折幾個兄弟不由人不痛傷吳用再三勸慰宋江傳令來日打一面白旗親引衆將為弟報仇水陸並進李逵引鮑旭項充李袞帶領五百步兵出哨直至常州城下呂樞密見折了錢振鵬心中甚憂連發三道飛報去蘇州三大王方貌処求救又听說城下有李逵引五百步兵打城呂樞密曰這厮是梁山泊第一個兇徒便令高可立張近仁出城迎敵李逵擺五百步軍擺開鮑旭項充李袞挽着蠻牌與李逵殺過陣去李逵斧起砍番高可取了首級鮑旭斬了張近仁首級李逵把依斧亂砍赶到吊橋边城上滾水炮石打來四個回陣宋江軍馬已到李逵鮑旭各獻高可立張近仁首級宋江將他人首級去白旗下祭韓彭二弟宋江哭了放倒白旗賞了李逵鮑旭項充李袞便進兵到常州城下呂樞密在城中慌忙與金節許定商議退兵諸將惧怕李逵不敢出戰呂樞密納悶帶衆將守城看宋江軍馬三面圍定郎嗚心腹八商議突城迎去金節回到家中與其妻秦玉蘭曰如今宋軍圍住城我等俱為力下之虜矣其妻答曰你素有降宋之心更兼原是宋朝舊官不若擒捉呂師囊獻與宋先鋒便是進身之計金節曰他有四個統制官許定這厮又與我不睦恐事不諧反惹其禍你可寫修書拴在箭上射出城去達知宋江約來日出戰你敗引兵入城便是金節曰賢妻此言極善當

張招討斬殺三賊人

私寫了私書拴在箭上在城上射將下去探路軍校拾得忙報入寨守西寨將魯智深武松兩人見了隨令杜興賫報宋江看了大喜傳令教三寨知会次日金節引兵出城搦戰孫立出馬兩個鬪不三合金節詐敗便走孫立當先馬麟魯智深武松孔門孔亮施恩其又一發進兵金節引孫立等占住西門城中知道宋兵入城百姓都被方臘害苦只出來助戰城上竪起宋先鋒旗號范疇沈澤待要入城左边冲出王矮虎一丈青把范疇捉住宣贊郝思文向前把沈澤一鎗刺死宋江大驅人馬入城呂樞密引了許定投南門走了趙毅正躲在百姓人家被百姓献出應明乱軍中殺死了宋江出下榜文安撫百姓衆將多來請功金節赴州拜見宋江親自起接上廳請坐復為宋朝良其贊成之功有詩為証

自靜幽閑女丈夫

心存家有小可亓

名同魏国韓布孟

千古清風播八區

宋江請范疇沈澤趙毅陷車囚了寫頭目故金節解送潤州張招討帳前招討見金節忠義大喜令副都督刘光世賞金節所用後金節破大金兀朮門太子多立功後官至精师使至中山陣亡此是金節結果當日張招討把三個客人梟首示衆使人來賫礼物賞勞宋先降軍與宋江使戴宗去宣胡二州盧先鋒処討消息有探馬報來呂樞密奔走無錫縣合金蘇州救兵前來迎敵宋江聞知便調馬步十員關勝秦明李應朱仝魯智深武松李逵鮑旭項充李袞離城去了戴宗探知宣湖二州進兵消息與柴進馬麟回見宋江報說盧先鋒得宣州今報知宋江甚喜柴進馬麟參拜宋江把文書

宋江大戰進無錫縣

典宋江看了备說打宣州一事方臘緝守宣州經畧使家余慶手下統制官六員都是歙州睦州人民那六人李韶韓明杜敬臣曾安潽濬陳勝祖余慶當日分調統制做三路出城对陣盧先鋒分兵迎敵呼延灼與李韶交戰董平與韓明相持韓明被董平一鎗刺死林冲蛇矛刺死杜敬臣索超斧劈曾安張青石子打潽濬李忠赶去殺了段志仁又赶殺程勝祖弃馬逃走此日連勝四陣賊兵退入城去盧將軍急驅人馬赶到門边不隄防城上飛下一片磨扇来打死偏將鄭天壽城上射死三個偏將曹正王定六林班盧先鋒因見折了四將連夜攻城因此得了宣州乱軍中殺死了李韶家余慶領了殘兵走湖州去了宋江听折了四個兄弟大哭悶倒四肢不舉眾將救起宋江半晌方醒对吳用曰此渡江以来如此不利連損八個兄弟如之奈何吳用劝曰當初主帥破大遼征河北討淮西之時大小完全回京皆是天数今番折了兄弟此是各人寿数今渡江以来連得三個大郡如何不利主將請休煩惱調兵去取無錫縣宋江曰留下柴兄弟與我作伴寫軍帖使馬林與我送去回復盧先鋒進兵攻打湖州至杭州聚会馬林征宣州去了呂師囊引蘇州救應為頭指揮衛忠帶牙將精兵一萬與李逵鮑旭項充李袞大戰敗入無錫四個隨馬赶入縣呂樞密弃出南門走衛忠許定保回蘇州關勝等迎接宋先鋒進無錫出榜安民申請張刘二總兵鎮守常州呂樞密許定衛忠引敗兵奔回蘇州来見三大王方貌訴說宋江捲地而来以致城池失陷三大王怒曰本該斬首权且與你五千兵出哨我自分撥大將統兵隨後接應呂師囊披掛上馬去了方貌調八員將各為八驃騎身長力壯武藝高強八員龍飛大將軍刘斌飛虎大將軍張威飛熊大將軍徐方飛豹大將軍徐嚴飛天大將軍鄔福飛雲大將軍荀正飛山大將軍甄誠飛水大將軍昌盛當日方貌親自披掛手执方天戟上馬引八員大將五万南兵出閶門前部呂師囊引衛忠許定過寒山寺無錫縣来宋江使人探知引正偏將相遇列成陣勢呂師囊忿氣躍馬出陣徐寧挺鎗出戰二十餘合呂師囊被徐寧一鎗刺死方貌听得殺了呂樞密大怒與宋江曰我八員猛將你敢縱八個出陣厮殺宋江笑曰我叫八個和你比試但是殺下馬的各自抬回本陣不見輸贏不得混戰明日再約厮殺方貌便叫八將各挺兵器驟馬向前宋江曰諸將軍馬出戰八將齊出關勝花榮秦明徐寧朱仝黃信孫立郝思文各馬臨陣十六騎馬自尋敵手厮殺關勝戰刘斌秦明戰張威花榮戰徐方徐寧戰鄔福朱仝戰荀正黃信戰郭世廣孫立戰甄誠郝思文戰昌盛各鬪到二十合荀正落馬被朱仝一刀殺死兩陣鳴金收軍方貌見折了一員大將引兵退回蘇州宋江驅車直抵寒山寺下寨重賞朱仝方貌退入城分調諸將守把各門列着一答硬弓擂木砲石準備守城次日宋江見南兵不出引花榮徐寧黃信孫立帶領二千餘騎前来看城見城郭水港還遶墻垣堅固回到寨中和吳用計議攻城之策人报曰水軍頭領李俊從江陰來見宋江敢請入帳中便問沿海消息李俊曰自從隨領水軍一同石秀等殺至江陰太倉海一等处首將嚴勇副將李玉部領水軍出戰嚴勇被阮小七鎗刺死

方貌對宋先鋒打話

李俊三人逕來太湖

下水李玉已被乱箭射死因此得了江陰太倉即日石秀張順去取嘉定三阮去取常熟小弟時来报知宋江大喜賞賜了留下李俊整舡准備李俊曰容俊去看水面濶狹如何用兵去了両日回來說曰此城相近太湖兄弟備舟一隻到宜興小港私入太湖裡探听消息然後可以進兵宋江曰賢弟此言正合吾意即撥柴進帶孔明孔亮施恩杜興去江陰太倉崑山常熟嘉定等処協助李應引偏将投江陰與童威童猛回見宋江就随李俊乘駕漁舡打探消息李俊帶童威童猛駕一隻舟往宜興小港直入太湖中来看太湖果然水天空濶

溶溶漾漾白鷗飛　綠淨春深好染衣
南去北來人自老　夕陽常送釣船歸

李俊童威童猛竟奔太湖望見一派漁舡李俊便問曰有大鯉魚麽漁人曰你要大鯉隨我到家便有李俊等跟漁舡去到一所在只是䕶腰柳樹有三千餘家那漁人引李俊三人到一庄院那人叫声大哥七八個大漢把李俊三人不問事情綁在樁樹上李俊看時上坐着四個好漢一様穿青衲襖頭戴黑氊笠都俯着李俊等首喝曰汝甚人来這里要做甚麼李俊應曰我是楊州人來這里買魚那第四個瘦臉的道哥哥眼見得是細作了只顧取他心肝來吃李俊尋思曰我在潯陽江上做了許多私商却不想今日結果在這里悔氣看着童威童猛曰哥哥我們便死也勾了只恨没了大名那四個好漢看了互相廝覷曰這三人必不是以下之人便問求三人通個姓名李俊答曰要殺便殺通甚姓名枉惹英雄取笑那為頭的便割斷繩索扶請上坐

費保等親釋李俊等

拜曰一世不曾見你這般請留與諱李俊曰你衆大哥必是好漢便說與你我三個是梁山泊宋公明手下副將李俊童威童猛今受朝廷招安奉勅來收方臘你是方臘手下人即便解我三人請賞那四個拜曰有眼不識泰山休怪休怪俺衆弟兄非是方臘手下原都在綠林叢中之人今来尋個榆柳庄賣些魚任俺太湖裡尋些衣食久聞衆山泊宋公明自個浪白跳張順不想今日得遇哥哥李俊曰張順是我弟兄頭来你四位大名為頭曰小弟四個異名小弟唤做赤鬚龍費保一個捲毛虎倪雲一個太湖蛟高青一個瘦臉熊狄成李俊見說大喜曰豈不聞唐時慱士李涉夜暗被盜贈之以詩云

暮雨瀟瀟江上村　綠林豪客我知聞
相逢不用頻猜忌　游世如今半是君

宋江即日要取蘇州去我三個来探路得遇四位随我去見宋哥哥奏封官職費保曰我弟兄不願為官只圖快樂若個個要我四個助水火中相從李俊曰與你同結義為兄弟若何四人大喜宰猪羊置酒設席結拜費保曰哥哥寬心等兩日方臘不時有人来蘇州公幹待來時便有計策唤漁人打听漁人报曰平望鎮上有十数隻船黃旗上寫着欽差送王府衣甲是杭州解來的李俊曰這机会万望你衆人着力船上若走一個具計便不成費保曰哥哥放心在吾等身上聚集七十隻船從小港透入大江當夜星月满天十隻官船都灣在龍王庙前費保船先到一声哨响响一隻漁船都擁将来那官船裡人急鑽出来都被撓鈎搭住左脚做一串縛了有跳下水的都被撓鈎

李俊費保夜劫官船

搭上船來便把官船創移入大湖深処到榆柳庄四更時分將閒雜之人尽丢下湖裡淹死拿得兩個為頭的問將乃是守杭州方臘大太子方天定手下庫官押送鐵甲三千付到蘇州交割李俊問了姓名取了官防文書把庫官殺了李俊曰我去和哥七商議費保令討小舟一隻送哨至宋江寨上岸入寨見宋江備說前事吳用喜曰若如此蘇州唾手可得就差李逵鮑旭項充李袞帶牌手二百人隨李俊回太湖與費保等行計第二日進發李俊引一行人都到榆柳庄上和費保等說知依計而行費保扮作解衣甲正庫官倪雲扮作副使都穿南官號衣官船內却藏李逵等三百人使狄成押着後船都帶放火器械漁人搖回湖面上一隻船搖去李俊急去看時船上立着兩個人却是戴宗凌振李俊打個號哨那船即奔來上岸相見戴宗曰哥七忘了一件大事着我與凌振賫一百號砲赶你船不上不敢前來今兄弟明日卯時進城便放一百個火炮為號李俊引戴宗凌振與費保等相見了令火炮手埋伏船內是夜五更船到蘇州城下守門軍士望是南船飛報大將軍郭世廣上城問了備細發放開門文書便令人送至二大王府裡看了教放入城差官員看視郭世廣在水門邊坐定教人下船看時都是鐵甲號衣因此都放入城放過了船便閉水門李逵鮑旭李袞從船裡鑽出監視官急問時項充李袞拿起團牌飛刀挖監視官殺了李逵李袞雙斧跳上岸來一連砍翻十數個監視軍人船裡好漢一齊上岸便放起火凌振就岸边撤起炮架連放十數個砲打將入去方貌正在府中計議忽听得火炮連响驚得魂

費保假官船賺開城

不附体忽报宋軍入城大乱起來黑旋風和鮑旭引牌手在城裡乱殺李俊戴宗等引着費保四人護持凌振只放號炮宋江已調三路軍馬殺入城裡來南軍四散各自逃生方貌急披掛上馬引鐵甲軍奪路殺出南門撞見李逵殺得鐵甲軍東逃西竄小巷裡又出魯智深輪鐵禪杖打來方貌拍馬而走回府烏鵲橋下又撞出武松一刀砍死方貌单左了刘斌投秀州去了有詩為証

神器從來不可當　僭王稱號詎能安
武松立馬誅方貌　留與奸臣作鑑看

宋江傳令救火安民諸將請功已知武松殺了方貌朱仝生擒徐方史進活捉甄誠孫立鞭打死張威李俊鎗刺死昌盛樊瑞殺死鄔福宣贊和郭世廣相戰都死于戰馬橋下宋江見折了宣贊傷悼不已使人具棺槨送去虎丘山下安葬報說沿海諸処聽知蘇州已破群賊各自逃散尽皆平復宋江申奏文書把方貌首級并徐方甄誠解到中軍報知張招討命舊官復職另撥中軍統制前去各処守禦退回水軍正偏將佐調用蘇州水軍頭領都回見宋江訴說三阮打常熟折了施恩又去攻取昆山折了孔亮戍江石秀李應等兵皆回了宋江听知嗟吁不已費保四人辭宋江要同出上宋江相留不住重賞四人令李俊童威童猛送回到庄費保備酒相待起身與李俊曰了財達命辭離毅立業成名變化能且听下回分解

〇第一百九回　寧海郡宋江吊孝　湧金門張順歸神

家本潯陽江上住　隨波逐浪度春秋
江南地面建功績　水滸天罡第一籌

烏鵲橋武松斬方貌

寧海郡中延吊孝　太湖江上遊漁舟　湧金門外歸神處　今日香烟不斷頭

費保對李俊曰小弟本一思去不願為官曾聞古云世事有成必有敗哥已在梁山泊已數十年百戰百勝今方臘拴動銳氣天数不久有日太平必害汝命你三人趁此机会尋個所在以終天年豈不美哉李俊謝曰家兄指引處是盡我只是方臘天收宋公明恩義難拋若衆兄弟肯見怜待收方臘之後引兩個兄弟來相投費保曰吾等準備船隻候兄切莫負約李俊辞回來見宋江言費保四人不願為官之事宋江嘆嗟不已遂傳令水陸軍兵取平望鎮進発望秀州來秀州守將段愷聞知方貌被殺只思走路使人探知宋軍関勝秦明已到城下段愷在城上叫曰不須攻城情願納降遂開門迎接宋公明入城宋江撫諭段愷使復原職而撫安民宋江問杭州其人守把段愷答曰杭州城郭堅同人烟稠密東北旱路西南是湖乃是方臘大太子南安王方天定守把部下有七方壯軍二十四員大將四個元帥一個是僧人號宝光如來俗名元覺使條鉄神杖重五十五斤又一個乃是偏州人氏姓石名宝会使流星鎚使一口劈風刀外有二十六員勇將王公不可輕敵宋江听罷引兵到檇李亭下寨與衆將飲宴議取杭州之策只見柴進起身曰柴某自得高唐州救命以來不曾報得恩義今願深入方臘賊巢去做細作成得功債報效朝廷未知尊意若何宋江喜曰肯入賊巢知道裡面消息生擒方臘以建大功只恐賢弟去不得柴進曰捨死一往有何不可只得燕青為伴最好宋江曰燕青在盧先鋒部下行文取來忽

段愷献城迎接宋江

報盧先鋒使燕青到來燕青見宋江大喜曰賢弟此行必成大功燕青到寨中拜罷宋江問曰進兵攻湖州之事如何燕青曰自離宣州盧先鋒分兵兩処攻打湖州殺死偽留守弓溫并副將尸琪平伏湖州一面行文申奏張招討撥統制守禦王將分一半人馬與林沖領去取獨松関小弟那時听得獨松関每日廝守取不得関先鋒又同朱武去了却委呼延灼統領軍兵守住湖州待招討調撥統制到来經進兵攻取德清縣到杭州会合宋江又問湖州守禦取德清并調去獨松関廝殺大將是誰燕青曰二十八將先鋒乃是盧俊義朱武林沖董平張青解珍解宝呂方郭盛歐鵬鄧飛李忠周通鄒淵鄒潤孫新顧大嫂李立白勝朱貴朱富時遷見在湖州守禦進兵德清縣正偏將佐二十六員呼延灼索超穆弘雷橫楊雄劉唐单廷珪魏定国陳達楊春薛永杜遷穆春李雲石勇龔旺丁得孫張青孫二娘優英女段志仁小弟來時兩議定了郎日起兵宋江曰兩路進兵攻取却好今有柴大官人要和你去方二処做細作你肯去否燕青曰小弟願往柴進甚喜辞別宋江扮作白衣秀士燕青扮作僕從肯着琴劍書箱到海边尋船過去做細作用典宋江曰杭州有錢塘大江通達海島得几人駕小船進潘山門南閘外放起号炮監起旗幟勸城中誰人肯去走一遭張橫三阮曰我們願去宋江曰杭州南路湖泊小要水軍用使不可都去只用只教張橫阮小七侯健段景住引三千水手帶火炮号旗望錢塘江去了宋江同到秀州計議收取杭州忽報東京有使命齎御酒賞賜到州宋江等迎接入城謝恩畢天使又將太醫

院奏准为上皇感小疾欽取神医安道全回京听用宋江不敢阻當次日欵待天使送安道全回京有詩为証

安道家傳藝最精　山東到処有声名
剜蹄割股般々会　割鼻修牙件々明
小鑷尖刀腰裡帶　長繩大索杖頭纏
梁山結義如金石　辭别難忘手足情

宋江迎接天使入城

宋江將御酒分俵衆將辭别刘光世耿参謀進兵至崇徳縣守將聞知弃走回杭州去了却說方天定聚集諸將在宮議事今之龍翔宮址乃是旧日行宮當日諸將共二十八員四個元帥是寳光如来国師鄧元覺南離大將軍元帥石寳鎮国大將軍厉天閏護国大將軍司行方又有二十四人皆封將軍厉天祐趙毅吳值黄爱晁中湯逢士薛斗南王勣冷恭張儉元興繆義温克讓茅迪王仁崔成廉明徐白張道原鳳仪張韜衛亨米泉貝應夔當日都在行宮計議迎敵宋兵之策方天定曰即日宋江水陸過江南来占了三個大郡止有杭州是南国之屏障若有差失睦州焉能保守前者司天太監浦文英奏說罡星犯侵吳地旱正應此賊汝等众官務必赤心報国休得怠慢众將奏曰主上寛心雖是失陷了数処州郡皆是不得其人今聞宋江盧俊義分兵三路來取杭州殿下與国師謹守寧海軍城池臣等衆將分調迎敵方天定傳下旨令也分三路軍馬前去策應只是鄧元覺同保城池司行方引薛斗南黄爱徐白米泉四員首將救應德清州厉天閏引厉天祐張儉張韜姚义四員首將救應獨松関石宝引温克讓趙毅冷恭王仁張道原吳值廉明鳳仪八員首

將各引軍三万望奉口鎮進厉天閏一枝軍馬望杭州進発宋先鋒兵至臨平江望見山頂二面紅旗磨動宋江差花栄秦明先來哨路隨即催趲戰船過長江轉過山嘴早迎両員南兵首將王仁鳳仪挺鎗出來秦明手舞狼牙棒直取鳳仪花栄挺鎗來戰王仁四馬相交不分勝敗秦明花栄見南軍後有接應各回還陣花栄报知宋江引朱仝徐寧黄信孫立直至陣前王仁鳳仪両馬交戰秦明花栄徐寧背後拈弓取箭把王仁一箭射下馬鳳仪見王仁落馬措手不及被秦明一棍打跌下馬南兵奔走退回亭入城宋先鋒軍馬直抵東新橋下寨作三路取杭州一路步軍從湯鎮去取東門却是史進魯智深朱仝武松王英孫二娘唐斌文仲容一路水軍從北新橋古塘截西路打靠湖城是李俊張順阮小二阮小五孟康分作三隊取北関門艮山門前隊関勝花栄秦明徐寧郝思文凌振猶迅滿速第二隊總兵主將宋先鋒部領戴宗李逵石秀黄信孫立樊瑞鮑旭項充李衮馬麟裴宣蔣敬燕順宋清蔡福蔡慶郁保四第三路水陸路策應孔明杜興楊林童威童猛分撥已定各自進発中路軍兵関勝直哨到東新橋不見一個南軍関勝心疑退回橋外使人回報宋先鋒宋江使戴宗傳令來可追進毋日両個頭領両哨頭目是花栄秦明第二日徐寧郝思文两個直哨到北関門來見城門大開两個來到吊橋边城上一声鼓响早撞出一彪馬軍來徐寧郝思文急回時城西喊一声又起一百餘騎攔住徐寧死戰殺出郝思文被捉入城徐寧回身頭上中了一箭逃過関勝救回血暈倒地报與宋先鋒知道宋江急來看徐寧

方天定與諸將計議

[illegible]

宋江迎接天使入城

[illegible]

張順到湧金門打探

時七竅流血宋江進淚拔去簡鐵用金銀數貼當夜三四次發昏宋江咲曰神醫安道全取回京師無良醫救必損吾股肱也又令人送金字回秀州養病復感不已吳用請宋江回寨議軍情大事宋江差人去打听郝思文消息次日小軍来報杭州北關門城上挑起郝思文頭來示衆宋江見報傷悼不已半月後徐寧已死申文來報宋江見折了二將按兵不動李俊等引兵到新橋直到古塘深山去処探路听得飛報折了郝思文徐寧李俊與張順商議曰我等這條路第一要緊賊兵都在這裡我等兵少難以迎敵不若一発殺入西山深処却好屯扎西湖水面好做戰場山西後面通桉西溪好做退步便使小校報知先鋒請取軍令到來直入西山屯扎當日張順对李俊說曰南兵都已收入杭州城裡我們在此屯兵半月之久不見出戰几日能勾得勝小弟今欲湖裡過水而去從水門暗入城去放火為号哥哥便可進兵服他水門就報與主將三路一斉打城李俊曰此計雖好只恐兄弟獨力難成張順曰把這命報先鋒往日情分李俊曰待我先去報與哥哥知道可去如何張順曰一面行事一面使人報知當夜張順藏了一把尖刀吃飽了一頓酒飯來到西湖岸边遠望城郭四座禁門錢塘門湧金門清波門錢湖門那時西湖十富貴皇帝建都之地西湖游賞景致非常有詩为証

三吳都会地　千古羨無窮　鑿開混沌　何年湧出水晶宮　春露如描杏臉　秋賞金菊芙蓉　夏賞鮮藕池中　柳映六橋明月　花香十里薰風　也宜晴　也宜雨　也宜暑淡粧濃　王孫公子　亭臺閣内管絃

中　北嶺寒梅破玉　南屏九里蒼松　四面青山叠翠　浸岸二高峯　疑是蓬萊景　分開第一重

張順魂來辭別宋江

張順來到西陵橋上看了半晌時當春煖西湖水色澄清四面山光叠翠張順曰我生在潯陽江上大風巨浪何曾見這一湖好水便死在這裡也做個快活鬼便脫下布衫繫口尖刀鑽在湖裡已是初更張順摸到湧金門边探頭起來听得城上鼓打二更城上女墻边有四五個人張順再伏在水裡再抬起頭看時女墻边不見人張順來到水口边一帶都是鐵窓欞格底面都是水簾看一串銅鈴窓欞牢固不能入扯那水簾時索子上鈴响城上人発起喊來張順再鑽入湖底伏了听得城上有人說曰鈴子响得蹊蹺不是大魚來遊响動水簾衆軍看了一回各自去睡張順再听時城上已打三更想軍士們各自睡了張順料是水裡入不得城扒上岸看時城上不曾見一人便扒上城去又恐城上有人却摸些土撒上城去不曾睡的軍上忙叫將起來再下來看水門時又沒動靜敵樓上石湖上又沒舡隻衆人曰却是作怪我們各自睡了休要採他只伏在女墻边張順又听一個更次鑽到城边不敢上去又把土石御上城来又沒動靜尋思四更不去更待几時却纔扒到半城听得一声梆子响衆軍一斉起張順從半城跳下水池去城上硬弓苦竹鎗併將下去可怜張順英魂就湧金門外身死後來人观到此処有詩为証

潯陽江上英雄漢　水滸城中義烈人　天數尽時無可救　湧金門外已歸神

張順魂來辭別宋江

[illegible]

張順到湧金門打探

[illegible]

宋江西陵橋祭張順

却說李俊飛報說宋順起水入城放火为号報與東門軍士當夜宋江神思困倦伏几而卧猛然一陣冷風起身看時是一個人立于灯下那人渾身血污低低曰小弟跟隨哥哥多年恩愛至厚今以尽忠報國死于湧金門鎗箭之中特來辞別哥哥宋江曰這是張順兄弟回過臉來又見三四個都是鮮血滿身宋江大哭覺來乃是南柯一夢帳中听得哭声入來看時宋江曰怪哉與軍師吳用遂一說夢吳用曰早間李俊報說張順要過湖裡越城放火为号端的送了性命張順魂來與兄長托梦宋江曰三四個又是何人吳用設論不見城中動静後李俊報說張順湧金門越城被箭射死于水中城上挑起頭來号令宋江見報哭得昏倒吳用并衆將皆下淚宋江曰吾丧考妣亦不知是痛心透骨吳用衆人京師取回安道全宋江曰我必親至湖边祭奠吳用曰兄長親臨險地若賊兵知必來攻擊宋江曰我帶李逵鮑旭项充李衮引五百步軍去探路帶石秀戴宗樊瑞馬麟引五百軍士從西山小路去李俊寨裡報知李俊特接着請到灵隱寺小歇下宋江哭了一場便請本房僧人誦經追荐張順次日宋江教小軍去湖边建一白旛写道亡弟正將張順之魂西陵橋上排下祭祀分付李逵埋伏在北山路口樊瑞馬麟石秀在左右埋伏宋江穿了白袍同衆人到西陵橋上宋江當中証明朝着湧金門下先是僧人搖鈴誦咒攝召張順魂魄降墜神旛次後戴宗宣讀祭文宋江正哭之間听得橋下一声喊南北兩山一齊鼓响兩彪軍馬來拿宋江怎地迎敵且听下回分解

此回折将三員　郝思文　徐寧　張順

馬靈飛報過關消息

新刻水滸全傳　廿四卷

○第一百十回　張順魂捉方天定　宋江智取寧海軍

黃鉞南征自渡江　風飛雷震過錢塘　回觀伍相波濤險　前望嚴州道路長
仁德宋江遵祖述　忠心張順果賢良　西師得勝建功績　萬載千年姓字香

杭州自宋以來喚做清河鎮錢王改为杭州寧海軍高宗車駕南渡之後喚做花花臨安府錢王之時只有十座城門南渡建都又添三座城門目今方腊占據東有菜市門薦橋門南有候潮門嘉會門西有錢湖門清波門湧金門錢塘門北有北關門艮山門城池方圓八十里果然風景奇絕有詩为証

赤岸銀河捲雪寒　龍灣潮湧白漫漫　如高峯上頻翹首　圖画樓台景致看

却說宋江分兵在西陵橋祭張順方天定差十員首將吳值趙毅晁中元興温克讓崔彧廉　茅迪湯逢士各引三千人馬分作兩路半夜火把照天一齊殺出城來宋江听得橋下大喊左有樊瑞右有石秀各有五千人埋伏舉起火來南北兩山軍馬見有准備急回旧路宋江追趕温克讓引着四將退過去保叔皆山背後撞而阮小二阮小五孟康引五千軍殺出活捉崔追乱鎗搠死湯逢上南山吳值引着四將奔回來定香橋边撞着李逵鮑旭项充李衮引五百步軍殺出飛刀劈死元興溫湯越殺城裡救軍來時宋江軍馬回灵隱寺取齊請功宋江二石秀馬麟樊瑞相幇李俊等守西湖山寨只同戴宗還寨與吳用等接入中軍宋江对軍師曰此井將他四將之首湯逢士首級行將張順灵前祭奠宋江說知盧先鋒已過獨松關早晚便到

宋江西陵橋祭張順

馬靈飛報遇聞消息

武松戒刀斬貝應夔

此間宋江听了斗轟半晌又問兵將如何馬灵曰盧先鋒去取獨松関那兩边都是高山関边一株大樹可望見各処下面尽是長雜松樹守関三員賊將吳昇蔣印衛亨初時下関和林冲厮殺被林冲殺傷入関次日厉天閏又引六將到関救應乃是厉天佑張儉張韜姚義并牙將刘志逹厉雄石彪上個下関來厮殺乜恭餘制厉天佑作比殺刘刘志逹小人金磚打傷石彪敗兵大敗上関去了兆不下來盧先鋒見[illegible]歐鵬鄧飛李忠周通四個上山探路徑厉天祐代弟復仇引兵下関斬了周通李忠帶傷而走都得項忠陳雷策應救了三將回寨次日董平要去復仇不防関上一砲打下正傷董平左臂同到寨裡次日復上報仇盧先鋒阻住一夜暗知好不典盧先鋒知自和張清商議兩個歩行上関厉天閏張韜出來交戰董平與天閏鬥十合爭奈左手不濟只得退歩厉天閏趕下関來張清挺鎗上搠厉天閏閃過松樹後那鎗搠在松樹上急要拔時被厉天閏刺死董平去救不防張韜一刀剁做兩段盧先鋒知得急去救應兵已上関孫新顧大嫂扮作逃難百姓尋條小路引李立湯隆時遷白勝陳雷項忠從小路過到関上半夜放火賊將知有宋兵過関棄関便走盧先鋒上関孫新顧大嫂活捉吳昇李立湯隆活捉蔣印時遷白勝活捉衛亨陳雷殺死厉雄項忠追趕石彪跳死岩下收拾董平張清周通屍骸葬于関上盧先鋒過関趕上將天閏殺死張儉張韜姚義引殘軍退回盧先鋒差人報與即宋知大夫過害哭昏几絶郎日恭病營中盧先鋒只在早晚便到特令小人送公文迎來報知宋江有了文書

宋江調兵攻打杭州

服淚如雨兵用曰盧先鋒得勝可調兵接應湖州呼延灼那路軍馬宋江便調軍士攻打東門正將朱仝共從湯鎮路上奔菜市門外攻取東門那時東路沿江都是人家村坊荒〻蕩〻田園當時來到城边把軍馬擺開魯智深出陣提鐵禪杖城下大罵報入太子宮中鄧元覺起身奏太子曰小僧聞梁山泊有個魯智深和尚慣使鐵禪杖請殿下東門城上看小僧和他歩闘几合方天定大喜遂引八員猛將同石宝菜市門敵樓上坐看鄧和尚使渾鐵禪杖開城門引五百刀手臨陣與魯智深闘過五十合不分勝敗方天定看了典石宝曰只說梁山泊有個花和尚魯智深名不虛傳石宝答曰不曾見這一对敵手飛馬報向北門外又有兵到石宝隨即去那武松見魯智深戰宝光不下恐有疎失舞双戒刀直取元覺抵當不住拖禪杖便走武松趕去忽面一員猛將乃貝應夔挺鎗躍馬截住武松閃過撇了左手戒刀搶住他鎗杆只一拽連人和鎗跑拖下馬來一刀斬了魯智深隨後接應方天定教收兵入城朱仝引軍下寨使人报捉宋先鋒知会宋江引軍到北門搦戰石宝開城而敵関勝鬥二十餘合石宝撥馬回身便走関勝也同本陣宋江問曰緣何不追関勝曰石宝刀法不在関勝之下雖然回必定有計吳用曰段愷說慣使流星鎚回馬詐要是防宋江曰差人賞武松令遂引着軍接應盧先鋒途遇張儉作敗軍併力殺死姚義張儉張韜正走又逢盧先鋒大殺一陣只得丟了戰馬奔死亡不期竹林中走出解珍解宝各拏鋼叉張韜張儉捐手不及被捉[illegible]見宋先鋒宋江教把貝應夔首將張韜剖腹取心遥祭

董平張清用通請盧俊義引本部人馬去接應呼延灼卢先鋒得令引兵進發路上正遇司行方敗殘軍兵大殺一陣司行方墜水而死呼延灼接見卢先鋒合兵一處同見宋江宋先鋒看呼延灼部內不見雷横龔旺倪宜苗道成四人便問緣故呼延灼訴說雷横在德清縣和司行方交鋒

石寶用鎚打死索超

被司行方殺了龔旺因和黃愛交戰趕過溪來被人連馬陷在溪裡苗道成倪宜併力去救兩岸埋伏弓手乱箭射死索超一斧劈死黃愛徐白被衆將活捉在此司行方水底淹死薛斗南乱軍中逃走瓊英郡主因痛傷張清痛重身亡宋江又听說折了雷横龔旺苗道成倪宜死了瓊英郡主悲悼對衆將說曰前日張順與我托夢時見右边立着三四個血污衣襟之人應是董平張清閗偏雷横龔旺這夥陰魂苗道成倪宜瓊英征臘西多立奇功取杭州請僧追薦宋江寡勇三軍攻取杭州卢俊義帶將十四員攻打候潮門呼延灼刘唐解珍解宝單廷珪魏定国陳達楊春杜遷李雲休冲石勇施恩文仲容崔埜一十四員攻打艮山門花榮秦明朱武黃信孫立李忠鄒淵鄒潤李立湯隆穆春倪光雷陸裕朱貴朱富穆弘時遷偏將十三員八西山寨幫助李俊等攻打鉞湖門李俊阮小二阮小五孟康石秀樊瑞鱗楊雄薛永楊林丁得孫陳雷段志仁孫新共共九員去助朱仝攻打菜市門史進魯智深武松孫新顧大嫂孫二娘也攻東門寨內幫助李應孔明楊志杜興童威童猛王英扈三娘各処接應宋江帶領正偏將三十三員攻打北關門大路吳用關勝索超戴宗李逵雉楚呂方郭盛歐鵬劉飛燕順湯迅潘速凌振鮑旭項充李袞宋清裴

宣蔣敬蔡福蔡慶郁保四時遷馬灵边文進索賢党世隆凌元傅張瑾都正邢玉孫新調撥將佐已完引兵攻城只見大開城門石宝出馬來戰未及十合石宝賣個破綻便走索超追趕關勝急叫休去索超臉上着一鎚打死鄧飛急去救應被石宝一刀斬了宝光国師引數員將冲殺出來宋

劉唐文仲容殺入城

江大敗花榮秦明殺來救得宋江回寨石宝回城宋江并回到皇亭折了二將心中憂悶吳用諫曰此城只宜智取不可对敵先鋒計令各門了當引軍攻打北關門引賊兵出城迎敵我卻詐敗引賊兵遠離放炮为号各門一齊打城奪得一門進城便放火來賊將必然各不相顧同獲大功宋江便喚戴宗馬灵傳令知会次日關勝引兵去北門門勸戰石宝引軍出城相關勝交馬戰無十合關勝急退石宝軍兵趕來凌振放起号炮各門都発喊一齊攻城卢俊义林冲等攻打候潮門見城門不關刘唐文仲容要奪頭功兩騎搶入城去看見刘唐先八一斧砍斷繩索墜下閘板可怜刘唐死于門下文仲容見刘唐閘死舞刀殺死三四個守門牙將尚不肯退兩边乱箭射來文仲容面上中了兩箭彼衆軍所殺錢王建都殺直三重門一重閘板中間鉄葉大門裡正面一層排柵門埋伏了弓手林冲呼延灼見折了刘唐文仲容二人領兵回營報知卢先鋒各門使人飛报宋先鋒知道宋江听得又折了刘唐文仲容痛傷大哭曰文仲容屡有战功可怜未得又用刘唐兄弟自郸城縣跟晁天王上梁山泊受了許多風霜辛苦誰想今死嘆曰

百戰英雄士　生平志未降

忠心扶社稷　文氣助家邦

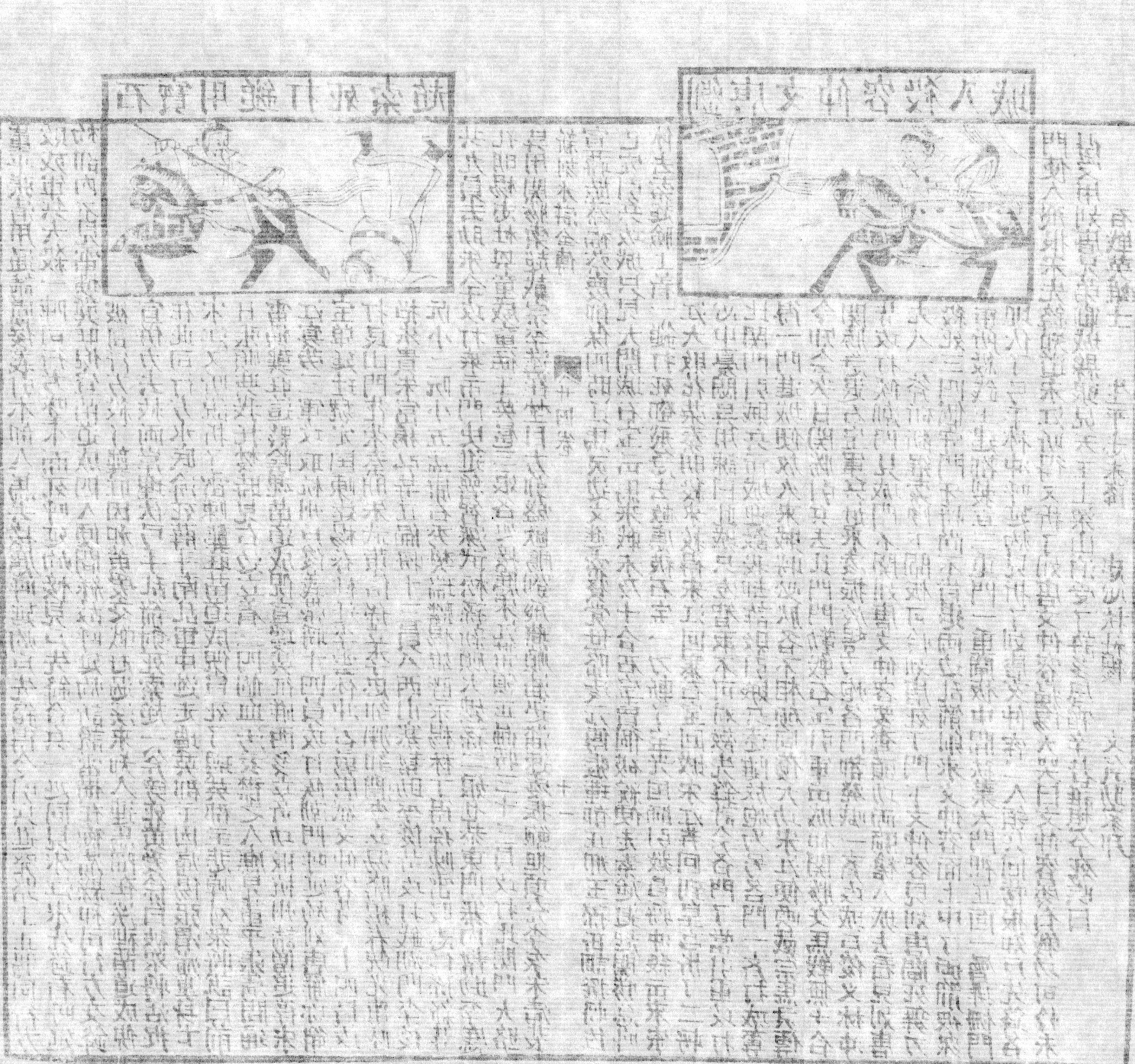

鮑旭舞刀斬死廉明

此日梟鳴蘇　何時馬渡江　不堪豪痛意　淸泊逐流踪

吳用曰此計不成送了兩個兄弟且敎各門退軍別作道理宋江欲要報仇李逵曰我明日和鮑旭項充李衮四個定要拿石宝來宋江曰那人英雄你去在意李逵請鮑旭項充李衮來吃酒說曰我四個從來一路斬殺今日我在宋哥〻面前誇口說定要拿石宝你三人用心鮑旭等約完來日齊心争氣次日李逵四人辭宋江並關勝歐鵬呂方郭盛北關門下請戰石宝引兩員首將吳值廉明迎敵詩云

個鮑旭李逵心似火　項充李衮挽團牌　三人當陣如雄虎　專尋仇家石宝來

石宝被李逵一斧砍斷馬脚石宝便跳下馬來望馬軍隊中躲了鮑旭把廉明一刀砍下兩個牌首飛舞刀來截殺南兵宋江把馬軍冲到城边城上擂木砲石乱打下來宋江怕有踈失急令退軍鮑旭早將入城裡去了石宝却伏在城門裡看見鮑旭入來只一下刀把鮑旭斷做兩斷項充李衮急護李逵回來宋江軍馬回寨又折了鮑旭越添愁悶李逵也哭回來只見解珍解宝來禀宋江曰小弟哨到南門地名汜村見江边船數十隻問是富陽縣袁評事解粮船小弟要殺他本人哭曰說見大宋良民被方臘不時科歛殘害今得天兵指望復見太平之日小弟見他說得痛切不忍殺他又問他緣故來此他曰近奉方天定令各縣要刷村坊科歛借粮五万石老漢为頭近得五千石先解來交納为大軍關城不敢前去屯泊在此小弟得了備細來報知吳用曰天賜其便這粮船定要一功便請李逵傳令就是你兄弟为頭帶將

砲手凌振杜遷李雲石秀鄒淵鄒潤李立白勝穆春湯隆王英一丈青孫新顧大嫂張青孫二娘扮作梢公稍婆混雜在梢後進入城去便放連珠炮为号我這裡調兵策應解珍解宝喚袁評事上岸曰你即宋朝良民可依此計事成之後必有重賞袁評事即允從依計而行船到岸边此時

張順陰魂殺死天定

闗哨的宋軍迴避袁評事上岸解珍解宝張着直到門下叫城上聞了仔細报入天子方天定差吳值開城直來江边看船奏知方天定差六員將引一万軍而城欄住東北城上看袁評事搬運粮米入城此時張將都排在梢公水手內搬運粮米入城三員女將隨入城去了六員將引軍入城宋兵復圍住城郭當夜一更凌振山上放起号砲各取火到処點着城中一時鼎沸起來不知多少宋軍在城俚方天定在軍中听了大驚披掛上馬城上軍士已都逃命去了宋留奪城詩云

三員女將入城來　東廂火砲連天起　眼見杭州起禍胎

城西山內李俊引軍殺到净慈港奪得船隻便從湖裡過湧金門上岸衆將分投各处水門李俊石秀先登城上存南門不圍方天定上馬止有十個步軍跟行南門走到五雲山下只見江裡走出一個人來口內含一把刀跳上岸來方天定打馬要走那馬百般打不動那漢搶到馬前一刀割下方天定頭却騎方天定馬持刀帶頭奔回杭州城來林中呼延灼到六和塔迎着認是船火兒張横吃了一驚呼延灼便叫賢弟那里來張横也不應直跳入城裡去此時宋先鋒大隊入城了就在方天定府中为帥府衆將校都

張順借身見宋江

張橫一騎馬投將来衆人皆吃一驚張橫到宋江面前滚鞍下馬把頭和刀撇于地下拜了便哭宋江慌抱住曰賢弟從那里来阮小七在何处張橫曰我不是張橫小弟是張順因在湧金門外被乱箭射死一點幽魂不離感得西湖震澤龍宫收做金華太保留在水府为神今方天定半夜走出見哥々張橫在大江裡借哥々屍殻跟到五雲山脚下殺死這賊来見哥哥說了驀然倒地宋江親自扶起張橫睜開眼目宋江哭曰張順殺了方天定賢弟無妨張橫忽然倒了衆人看時四肢不舉未知性命何如且听下回分解

此回折將九員　董平　張清　周通　雷橫　龔旺　索超　鄧飛　劉唐　鮑旭

浙河比將五員　瓊英郡主　黄道成　成項忠　文仲容　倪宣

新刻全像忠義水滸傳二十四卷終

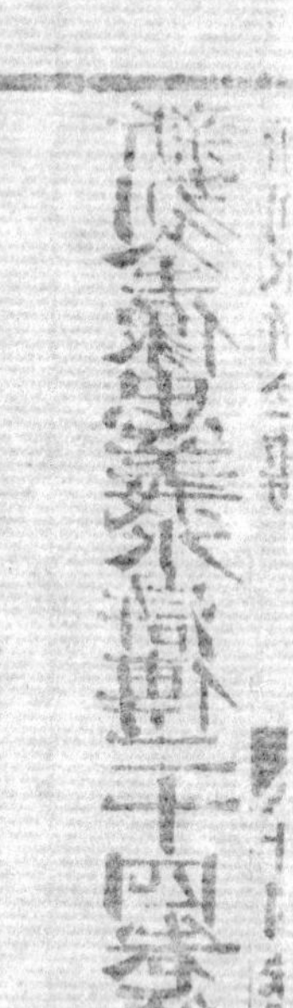

宋江奏立張順祠字

朝廷賚遣酒衣到來

○第百十一回　行虞俊心分兵歙州道　宋公明大戰烏龍嶺

七里灘頭鼓角聲　烏龍嶺下戰塵生　白旄黃鉞橫山路
虎旅狼兵偏飲城　天助宋公扶社稷　故教邵俊顯聲名
將軍指不功成後　完使閭閻賀太平

話說張橫聽得沒了兄弟張順量闊半晌却救得甦醒宋江教且扶入去調治兩個哭將功勞李之石秀生擒吳值三個女將生擒張道元林冲蛇矛刺死江恭解珍解寶生擒崔彧只走了石寶鄧元覺王勣晁中温克讓五人宋江賞勞三軍出榜安民把吳值心解赴張招討斬首施行保舉袁評事作當陽縣令不題忽左右報道阮小七入城來了宋江使喚入問時阮小七曰小弟聞張橫侯健段景住帶了水手往海邊尋船處入錢塘江來不想風水不順打破了船眾人都落水侯健段景住不識水性淹死于海中小弟赴水到半山望見城中火起想必是哥哥在杭城相殺以此上岸來不知曾到否宋江說張橫之事令他兩個哥哥相見了依前管領船隻侯候征進睦州宋江想起張順如此顯聖去湧金門外建立廟宇題名金華太保後宋江回京奏知此事特奉聖旨封金華將軍廟食杭州有詩為証

生前悍勇心人敵　死後英魂助壯圖　香火為延森廟宇　至今血食在西湖

再說宋江因思渡江以來損折許多將佐都去淨慈寺修設水陸道場七晝夜超度眾將已畢方天定宮中一府禁物盡皆毀壞分於部名員分賞將佐設席慶賀忽報都督劉光世并天使來到杭州宋江引眾出北關迎接入城就行香接讀聖旨已罷先錄宋江等收勦方三吳建大功勅賜一封御酒三十五瓶錦衣三十五領賞賜正將其餘照名支給原來朝廷只知公孫勝窩道清不曾渡江却不知折了許多人馬宋江見了三十五套錦衣御酒一然淚下天使問時宋江把折了眾將說知天使曰朝廷怎知其故下官回京必當奏聞宋江即設宴管待天使其餘將佐依次而坐宋江將御酒御衣去張順廟裡享祭一衣就穿泥神身上其餘兄弟不在者俱焚化錦衣天使回京不覺光陰迅速只過了十數日張招討差人賷文書來催趁先鋒進兵宋江與盧俊義閩議此去睦州沿江直抵賊巢此去歙州却從昱嶺關小路而去今從此處待分兵征勦不知賢弟兵取何處盧俊義曰聽從哥哥嚴令安敢選擇宋江曰且看天命爲成兩處閻十枝香祈天各拈一處宋江拈得睦州盧俊義拈得歙州宋江曰方臘賊巢正在清溪縣幫源洞中賢弟取了歙州可屯住軍馬會約全攻清溪賊洞盧俊義便請宋公明調撥將佐宋江帶領將佐軍師吳用關勝花榮秦明李應戴宗朱全李逵魯智深武松解珍解寶呂方郭盛樊瑞馬其心順宋清項充李袞王英一丈青扈娘凌振杜興五福蔡二裴宣蔣敬郁保四虜斌潘迅二速索賢免世隱遂元韓小羅所領李俊阮小二阮小七童威童猛孟康劉先一應俊義須正偏將佐取歙州并昱嶺關却是軍師朱武

柴進詐降朝見方臘

林冲呼延灼史進楊雄石秀阮廷珪魏定國孫立黃信歐鵬杜遷陳達楊春李忠薛永鄒潤李立李雲鄒淵湯隆石勇時遷丁得孫孫新顧大嫂張青孫二娘馬靈還文進張捷郁王那子段志任倪光甫陸招孫岳當下盧先鋒引隨行軍兵三萬人馬之　劉都督而去宋江等整頓舡隻水陸並進此時杭州城內瘟疫盛行已病倒六員將張橫穆弘孔明朱貴楊林白勝就撥穆春朱富看視其餘衆將盡隨宋江征進再說柴進同燕青到睦州界上把關隘將攔住柴進告曰某乃中原一秀士能知天文地理識得六甲風雲遙望江南有天子氣數而來何故閉塞賢路那把關將聽得便問姓名柴進曰某乃姓柯名引守關將就留住柴進差人報來睦州報知右丞相祖士遠參政沈壽僉書桓逸元帥譚高四個便差人接取柴進至睦州相見各叙禮罷柴進一段話聳動那四個坦然無疑祖士遠大喜便教僉書桓逸引柴進燕青到清溪洞中來見丞相婁敏中大喜就入內啟奏中原有一賢士姓柯名引善識天文地理能辨六甲風雲貫通天地氣色三教九流諸子百家無不通曉因望天子氣象而來見在朝門外伺候方臘道有賢士到來便令白衣朝見閤門大使傳宣即宣柴進拜見禮罷方臘看見柴進一表非俗便問曰天子氣色在于何處柴進奏曰臣柯引賤居夫子之鄉父母雙亡隻身學業傳先賢之秘訣授祖師之玄文近日夜觀天象見帝星正照東吳因此而來不得瞻陛下聖容正應此氣方臘曰近被宋江侵奪城池將近吾地如之奈何柴進奏曰今雖被宋江侵了城不久復歸于聖上陛下非止江南之境他日東京

社稷亦屬于陛下也方臘大喜封為都尉次後把金芝公主招贅柴進為駙馬燕青改名雲璧人都稱為雲奉尉柴進自此得入宮殿但有軍情重事便宣柴進計議柴進時常奏說夜觀天象卻有二十八宿星象正來輔助陛下宋江將內亦十數員來降見與陛下開疆展土之臣也方臘聽了大喜有詩為証

柴進英雄世少雙
神謀用計使歸降
高官厚祿非公主
一念緣求為宋江

王矮虎請温讓請功

不說柴進做駙馬卻說宋江人馬離杭州望富陽縣進發時有劉元覺并石寶王勣晁中溫克讓引了殘兵守住富陽縣關隘卻使人來睦州求救左丞相祖士遠差兩員指揮白欽副指揮景德引一萬軍馬來到富陽縣和寶光國師等合兵一處占住在山嶺宋江等軍馬已到七里灣石寶見了披掛出馬宋江令呂方出馬迎敵與石寶鬥五十合呂方力怯郭盛便來夾攻那石寶力戰二將朱仝縱馬提刀又來夾攻石寶戰不過三將拖刀便走宋江軍馬直殺過富陽山嶺石寶軍馬走到桐廬縣界內宋江連夜進兵過白峯嶺下寨白丟差將去桐廬縣劫寨撥解珍解寶燕清王英一丈青取東路李逵項充李衮樊瑞馬靈取西路卻教李俊三阮二童孟康取水路進兵解珍解寶等引着軍馬殺到桐廬縣時已是三更[illegible]元覺和石寶聽得一聲炮响二人上馬不及眼看石寶逃命三路軍馬直殺將來溫克讓早被王英一丈青捉住宋江軍馬直到桐廬縣屯住王矮虎一丈青獻溫克讓請功宋江令解赴張招討軍前斬首次日宋江調兵水陸並進直到烏龍嶺下屯扎此時寶光國師引

王矮虎請温謀功

宋江降詔朝見方臘

珎寳假粧獵夫上嶺

着令將把住關隘宋江差李逵項充李衮引五百牌手叫到嶺下上面擂木炮石打將下來不能前。外江又差阮小二孟康二童押一隊戰舡上灘來到烏龍嶺邊却是方臘的水寨也屯着五百隻小舡為頭四個水軍總管號為浙江四龍領一萬水軍那四龍是玉爪龍成貴錦鱗龍翟源衝波龍喬正戲珠龍謝福這四人在水寨裡已備下五十隻連火排上堆草把內藏引火之物却說阮小二和孟康二童把舡直順搖上灘去那四個總管駕四隻快舡順水下來阮小二看見喝令放箭那四隻快舡便回阮小二乘勢赶上那四個總管都跳上岸走了阮小二見水寨船多不敢上去只見烏龍嶺上金皷齊鳴將火牌一𤼵點着阿灘上直冲將下來背後大舡都執長鎗撓鈎却隨火牌下来童威童猛見勢大難近棄了舡隻爬過山邊尋路回寨阮小二和孟康迎敵火排連舡將來阮小二急下水時被一撓鈎搭住阮小二自知難脫便拔出腰刀自刎而亡孟康被火炮打中頭腦而死四個水軍總管殺將下来李俊和阮小五阮小七見前舡失利回舡便走至桐廬岸来却說宋江又見折了阮小二孟康在帳中煩惱寢食俱廢呉用與衆將若勸次日宋江計議渡嶺解珍解宝便曰我兄弟扮作獵夫扒上山去放起火来賊兵必然棄了關去呉用曰此計雖好只恐這山險峻難以上去解珍曰蒙哥哥恩爰今日為朝廷便粉骨粹身復何恨焉宋江曰賢弟休說這因話早早成了大功解珍解宝穿了虎皮襖挺了鋼叉逕到烏龍嶺來到嶺下已是三更兩個一步步扒上嶺來是夜月光微明遙見嶺上燈光閃兩個伏在嶺邊聽時更

皷已打四更解珍曰今夜又短我和你上去罷二人又扒接上去直到岩僻之處撞得藤乱响嶺上人看見了便伸搭鈎下来搭住解珍頭髻解珍心慌了便把刀斫断撓鈎從空裡墜下来解宝跌下去急退時嶺上乱箭射来將解宝射死在嶺下天明嶺上差人下来將解珍解宝屍首就風化了有詩為証

宋兵夜進被伏兵圍

古藤高樹乱蒼蒼
千丈嶺崖峻湫范
夜深欲作幽探計
兩將誰知頂刻亡

探子得知報與宋先鋒宋江聽知又折了解珍解宝哭得暈倒便喚關勝花栄領兵去打烏龍嶺關隘與四個兄弟報仇呉用諫曰仁兄不可性急若取此関必須用智宋江怒曰深恨那賊把我兄弟風化在嶺上今夜必要提兵去奪骸骨回來埋葬呉用又諫曰誠恐賊兵有計宋江不聽即領關勝花栄呂方郭盛連夜來到烏龍嶺時已是二更宋江見兩個屍首在樹上寫一行大字道宋江早晚也號令在此宋江大怒即令人上樹去取屍首忽聽得四下伏兵齊起前有石宝後有鄧元覺截住去路石宝大叫宋江下馬受降關勝怒輪刀戰住石宝四個水軍總管俱全王勣晁中從嶺上殺下來花栄急出當住王勣交戰数合花栄便走王勣晁中赶去被花栄急放連珠箭二枝射中二將落馬四個水軍總管見射死王勣晁中不敢向前刺斜裡又撞着指揮白欽景德兩方便迎住景德宋江心慌畢竟怎地脫身且聽下回分解

此回折將大員　侯健　孟康　解珍　解宝　段景住　阮小二

宋兵夜進被伏兵圍

[illegible]

此回折了 [illegible] 侯健 孟康 [illegible] 段景住 阮小二

[illegible]

童樞密賚賞到宋寨

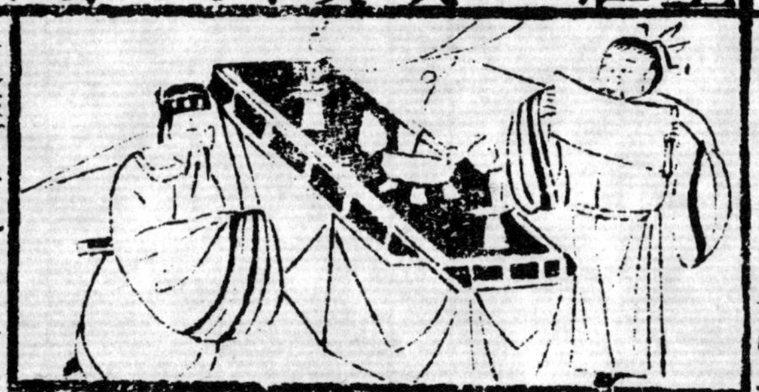

○第一百十二回　睦州城箭射鄧元覺　烏龍嶺神助宋公明

海上兇囚號寶光　解將左道欲猖狂　從來邪法難歸正　到底浮基易滅亡
吳用神謀眞妙矣　花榮神箭世無雙　興亡多少英雄事　看到清溪實感傷

話說宋江正在危急之間却得李逵引項充李袞領一千步軍便從石寶後面殺來背後魯智深武松秦明李應朱仝燕順殺散石寶鄧元覺軍馬救得宋江並回桐廬縣宋江稱謝衆將吳用曰惟恐兄長有失特遣衆將接應宋江稱謝不已且說烏龍嶺石寶商議曰即日宋江兵馬屯在桐廬縣倘或抄小路過嶺後睦州危矣國師親至清溪大內面見天子奏請添調兵馬守護這嶺隘可保長久矣鄧元覺道元帥之言極當小僧便往鄧元覺隨即上馬先來到睦州見了右丞相祖士遠說宋江兵強將勇勢不可當軍馬席捲而來誠恐有失小僧特來奏請添兵遣將保守關隘士遠聽與元覺同往清溪縣幫源洞中見了左丞相婁敏中次日方臘陞殿元覺同左右丞相拜舞罷元覺奏道臣與太子全守杭州被宋江用詭計以致失陷今退保烏龍嶺以圖恢復臣啟請陛下早選良將復地退賊方臘道各處關隘皆分兵去守今只有御林軍馬緊要護衛大內安可遠離堅執不從因此鄧元覺仝祖士遠自回睦州來選了五千兵并守將夏侯成仝鄧元覺到烏龍嶺寨內與石寶說知此事石寶曰既朝廷不撥御林軍馬來我等只守住關隘不要出戰去說宋江只在桐廬縣駐紮忽報朝廷差童樞密齎賞賜來到宋江迎接到縣開讀聖旨將賞賜分給

花榮箭射死鄧元覺

衆將道樞密問征進事宋江垂淚曰自從渡江以來連折數將今到烏龍嶺又折數將不能打得關隘正在憂悶之際幸得一相到此童樞密曰今天子知先鋒多立大功特差下官引王稟趙譚前來助戰王稟齎賞往盧先鋒處隨叫趙譚相見設宴管待次日童樞密欲進兵打烏龍嶺吳用諫曰恩相未可輕動倘得小路渡關知過去兩面夾攻彼此不能顧此關唾手可得宋江道此計極妙隨即差馬麟燕順去村中尋一老者來見宋江曰你可指引一條路過烏龍嶺去重賞你老者告曰小人祖居此間累被方臘殘害幸天兵到此萬民有福再見太平老漢指引一條路過烏龍嶺去便是東管過取睦州不遠宋江給賞老者留在寨中請童樞密守把桐廬縣宋江馬麟引兵一萬帶領花榮秦明魯智深武松李逵李袞項充凌振[illegible]跟隨者取小路進發行至半嶺已有五百賊兵攔路却被李逵李袞殺盡四更已到東管本處守把將伍應星聽得走回睦州報知祖丞相宋江令凌振放起連珠炮烏龍嶺石寶聽得大驚急使指揮白欽引軍探時見宋江旗號遍天遍地擺滿山林急回嶺上報與石寶寶官知道石寶道朝不發救兵只是堅守為上不要去殺鄧元覺道元帥差矣少今若不調兵救應睦州也自由可倘若內苑有失我去亦不能保你不去時我自去救應睦州石寶苦諫不住元覺點了五千人馬綽了禪杖帶了夏侯成下嶺去了後暨不題且說宋江引兵到東管且不去打睦州先來取烏龍嶺却遇鄧元覺當先出馬廝戰花榮向宋江耳邊曰如此如此宋江令秦明先出馬與鄧元覺交戰數合秦明便走鄧

道乙劍中武松左臂

元覺搬下秦明逆來趕宋江花榮攀弓一箭正中面門而死南兵大敗夏侯成走入睦州宋江直殺到睦州且說祖丞相見夏侯成報說宋江過東管已殺鄧元覺祖士遠便差人同夏侯成去清溪大內請婁丞相入朝啟奏今宋江兵已從小路逕到東管攻睦州甚急乞發兵救應方臘大驚差靈應天師包道乙太尉鄭彪點一萬五千御林軍星夜來救睦州這包道乙原是金華山中人幼年出家學方道之法跟了方臘謀叛那鄭彪原是蘭溪縣都頭出身禮拜包道乙為師但遇厮殺之處必有雲氣相隨因此人呼為鄭魔君夏侯成亦是婺州山中人原是獵戶出身慣使鋼叉自來隨着祖丞相管領睦州當日三個正商議起兵只見欽天監浦文英來見天師曰文英夜觀乾象南方將星皆無光宋江等將星還有一半明朗此行只恐不利何不回奏主上商議投降且解一國之危天師聽了大怒把出飛元劍把浦文英揮為兩段急動文書申奏朝廷去訖有詩為證

文英占玩極精詳
進諫之言亦善良
妖道不知天命在
怒將雄劍斬身亡

當下鄭彪為先鋒包天師夏侯成合兵來救睦州忽探馬報來清溪救兵到了宋江即令王矮虎一丈青潘迅潘速四個出馬正迎着鄭彪出馬與王矮虎交戰九合鄭彪便念動神咒只見頭上一朵黑雲現出一個金甲天神手提降生寶杵王矮虎吃了一驚被鄭魔君一鎗刺死一丈青望見丈夫落馬急舞雙刀來救被魔君一塊銅磚打落下馬而死可憐能戰佳人到此一場春夢有詩為証

花朶容顏妙更新　捐軀報國竟亡身
老天估得春秋筆　女輩忠良傳此人

戈戟森嚴十里周　單鎗獨馬雪夫仇
噫嗟食祿忘君者　展卷閒風豈不羞

宋江吳用入山訪廟

潘迅潘速兩個併力去戰被南兵周圍射來先射倒潘迅潘速回馬便走被鄭彪趕上一鎗刺死宋兵大敗回見宋江訴說王矮虎等四將都被鄭魔君傷死宋江聽得又折了四將心中大怒急點李逵殺去鄭彪便走忽然烏雲罩合黑氣滿天宋江兵馬不分東西南北白晝如夜宋江軍馬前無去路但見

陰雲四合　黑霧漫天
下一陣風雹滂沱　起數聲怒雷猛烈
山川震動　高低渾似天崩
溪澗顛狂　左右却如地陷
悲悲鬼哭　滚滚神號
定睛不見手分形
滿耳惟聞樹吼

宋江軍兵當被鄭彪妖法黑暗了天地亂踪失路到一個去處黑漫漫不見一物本部軍馬自乱起來宋江仰天嘆曰莫非吾當死此地矣至未牌雲起氣清黑霧消散看見當頭的都是金甲天神宋江與衆將皆伏地受死須臾風雨過處却見一秀才來扶宋江口稱請起宋江拍頭大驚起身叙禮便問秀才高姓貴名那秀才答曰小生姓邵名俊住居于此今特來報知義士方臘氣數將盡只在何日可破小生多曾與義士出力今雖受困救兵已到義士知否宋江再問時邵秀才把手一推宋江忽然驚覺乃是一夢醒來看時大漢都是松樹宋江叫兵將起來尋路出去此時天朗氣清只見外面魯智深武松等一路殺來正遇鄭彪交手却包天師見武松使兩口戒刀直取鄭

彪包道乙掣出兩口劍來從空飛下正砍中武松左臂血暈倒了却得魯智深救回左臂已砍斷了武松一發白把戒刀劄斷宋江送去寨中將息智深却殺入後陣遇着夏侯成交戰夏侯成敵不過便望山林中奔走魯智深不捨趕入深山裡去且說鄭魔君又引兵趕來宋軍陣內李逵項

宋江入城燒方臘官

充李袞一齊冲殺入去鄭彪迎敵不過渡溪而走三個趕過西岸邊撞出三千兵來截斷宋江軍馬項充急鑽下岸來被南兵亂箭射死李袞跌倒溪邊被衆將剁做肉泥李逵趕入深山被南兵圍住却得花荣秦明引兵殺散救得李逵回來見宋江訴說折了項充李袞不見了魯智深宋江見說痛哭不止忽報軍師吳用和關勝等提一萬軍兵從水路來宋江迎見吳用等訴說折了將佐又說夢中之事吳用曰此處必有廟宇想是靈神來護佑兄長宋江依其言就與吳用入山尋訪行入山林未及一箭之地松樹林中早見烏龍神廟一所入廟看見殿上龍君聖像正和夢中見者無異宋江再拜稱謝道多蒙龍君神聖救護之恩未能報謝乞靈神助威若平復了方臘敬當申奏朝廷重建廟宇加封聖號宋江吳用拜禱在階看那石碑是唐時一進士姓邵名俊應舉不第墜江而死天帝怜其忠義賜作龍神本處人民祈風得風祈雨得雨以此建立廟宇四時享祭宋江看了隨將猪羊祭祀已畢至今嚴州北門外有烏龍大王廟地名萬松林古跡尚在有詩為証

萬松林裡烏龍王　夢顯陰功助宋江
為報將軍莫惆悵　方家不日便投降

宋江回寨中是夜夢見邵龍君相訪曰昨日非小生救護已被包道乙擒捉矣適蒙祭祀之禮特來致謝就來報知睦州來日可破方臘旬日可擒宋江悚然覺來又是一夢急請軍師吳用圓夢吳用曰既是龍君如此顯靈來日便可進兵宋江便差燕順馬麟李賢兒世隆守住烏龍嶺大路却調關勝花荣秦明朱仝來取睦州却令凌振施放火炮直打入城去震得城中軍馬大亂祖丞相士遠令鄭魔君引着譚高吳應星領精兵一萬出城與宋江對說那包天師與祖丞相在敵樓上看鄭魔君與關勝大戰鄭魔君敵不住正待要輸這包道乙看了便作妖法口念神咒吹口氣去鄭魔君頭上現出金甲神人手持宝杵望空打來宋江見了使令樊瑞作法口念回風破暗密咒只見關勝頭上也現出一尊神將騎着烏龍手執鉄鎚戳退鄭魔君頭上一尊神人下向關勝把鄭魔君砍死包道乙見了急待起身時被凌振放起火炮打中頭腦而死南兵大敗宋兵乘勢殺入睦州朱仝殺死譚高李應殺死吳應星衆將生擒祖丞相沈參政桓命書宋江等入城先把火燒了方臘行宮所有金帛就賞衆三軍出榜安民來了探馬飛報烏龍嶺宋將燕順李賢等都被石宝所殺馬麟被白欽一標鎗標下去石宝赶上復了一刀把馬麟砍為兩段即日引兵殺來宋江聽說大怒急令關勝秦明花荣朱仝殺奔烏龍嶺來四員正將迎敵石宝白欽就要取

盧俊義差時還尋路

烏龍嶺關隘不是這四員將來烏龍嶺廝殺有分交清溪縣削平哨聚賊兵幫源洞中活捉草頭天子畢竟宋江怎地迎敵且聽下回分解

此一回折將六員　王英　扈三娘　項充　李袞　馬麟　燕順

孫立生擒雷炯過馬

○第一百十三回　盧俊義大戰昱嶺關　宋公明智取清溪洞

手提猳猻號令新　睦州談笑定妖塵　全師大勝勢無敵　背水調兵有有神
殄滅渠魁如拉朽　解令偽國便傾頹　班師青史分明看　忠義公明志已伸

話說關勝等四將與石寶白欽等戰上數合石寶白欽奔走烏龍嶺兵馬自原來童樞密引兵從績溪殺來大將王稟和南兵指揮景德廝殺被王稟斬馬下呂方郭盛殺上嶺來被石頭打死關勝望見嶺上大亂急招衆將殺上嶺去正迎着白欽與呂方廝殺白欽一槍搠來被呂方挾住兩將都棄了鎗往馬上揪扯二人用得力猛都撇下嶺去跌死石寶見四下無路自刎而亡關勝拿了關隘令人報知宋先鋒睦州四個水軍總管殺來聽知烏龍嶺已失棄船走過岸去被百姓生擒成貴謝福解入睦州走了翟源喬正不知去向宋江大隊回睦州宋江出城後童樞密劉都督入賊西扎宋江將成貴謝福割取心肝致祭阮小二孟康衆將宋江又見折了郭盛惆悵不已按兵不動等候盧先鋒兵馬全取清溪有詩為証

行宮溪已火烟生　準擬清溪大進兵
幾多賊將俱誅戮　古睦封疆恐已平

楊隆挠鈎搭任萬春

却說副先鋒盧俊義自從杭州分兵統領三萬人馬經過臨安鎮錢王故都道近昱嶺關前守關却是方臘手下大將綽號小養由基厖萬春乃是江南第一個會射的領雷炯計稷兩員副將五千人馬三個聽知宋兵到來已都準備了且說盧先鋒軍馬將近昱嶺關前先差史進石秀陳達楊春李忠薛永張璋帶領三千步兵哨到關下厖萬春看見史進一箭射來把史進射下馬去衆將急救時忽然一聲鑼響兩邊雷炯計稷左右亂箭射來可憐史進石秀等都被射死三千步兵止剩得百餘人逃回見盧先鋒說知此事盧俊義大驚急與軍師朱武商議朱武曰此關險峻難攻今時遷去山中尋路或有小逕透關方可破得遂領兵稍帶乾糧望深山而來行了一日來到小菴中見一個老和尚時遷便拜曰小人是宋江部下偏將奉勅來收方臘被關上賊將射死我大員首將無計渡關小人今來探聽有小路過關尋到此處萬望師父指引當以厚報僧曰此間百姓俱被方臘殘害今日天兵到此老僧指教你去西山嶺邊有條小路可過關上寨後只恐賊人務斷你可回報主將休說老僧多口時遷拜辭了老和尚回見盧先鋒說知此事盧俊義便與軍師計議朱武曰可令一人同時遷帶火炮去他寨後放起火炮來我這里一路但有林木之處便放火燒將去你看火起為號便是接應兵到時遷當下收拾火炮賫銀十兩糧米一石來到菴中謝和尚乞指引路逕和尚叫行者前引到西山嶺邊望見石壘斷路口行者回過得那壁便有大路時遷令行者去却扒過石壁望見林中火起却是盧先鋒兵馬到一路放火燒着至關上來厖萬春聞知宋兵放火即引雷炯計稷都來關前守把時遷摸到關後看見厖萬春衆將都在關前守護就在草堆裡放起火來又放火炮直上關屋上去那草堆裡火起火炮震天關上衆將大亂厖萬春急來關上救火時遷在屋上大叫口已有一萬宋兵先過關了厖萬春大

方臘調將迎敵宋兵

驚林冲呼延灼一齊槍上關去孫立生擒雷烱魏定國捉了計稷只走了庞萬春賊兵殺死大半盧先鋒得了昱嶺關將雷烱計稷剖取心肝享祭史進石秀等收拾屍骸葬于關前申報張招討一面領兵來到歙州下寨歙州守將乃是皇叔方垕幷尚書王寅侍郎高玉守住歙州當下庞萬春敗回來見皇叔告曰被宋兵私越小路過關因此折兵損將皇叔方垕大怒曰昱嶺關今被宋兵渡過歙州怎生迎敵王尚書奏曰再令庞將軍去退宋兵將功折罪如若不勝二罪俱罰方垕然其言撥兵五千令庞萬春出迎且說盧俊義引兵過關直到歙州城下與庞萬春交戰歐鵬和庞萬春戰到十合庞萬春敗走歐鵬趕來庞萬春轉箭一射把歐鵬射死城中兵馬殺出來宋兵大敗退三十里下寨扎軍中折了張青孫二娘大哭令人尋丈夫屍首理葬訖盧先鋒和朱武討議朱武曰今日我兵敗回今夜賊人必來劫寨可叫呼延灼在左埋伏林冲在右埋伏單廷珪魏定國在後埋伏看見寨中火起四下各殺出來准備已定且說尚書王寅等啟奏皇叔方垕今日宋兵敗回人馬疲倦可乘勢去劫寨必獲全勝方垕從之高玉曰我和庞將軍去劫寨王尚書守城當夜二人引兵出城來到宋寨看見營門不閉乃是空寨二人已知中計撥馬便走中軍火起四下伏兵一齊殺出高玉與呼延灼大戰數合被呼延灼打死庞萬春被湯隆撓鉤搭住南兵大敗而走次日盧先鋒點兵有丁得孫在路上被䖝毒氣入腹而死將庞萬春剖腹取心與祭歐鵬史進等將次日盧先鋒引兵到歙州城下見城門不閉單廷珪魏定國要奪頭功便殺

新刻水滸全傳　八卄五卷　八

柯引駙馬領兵誘敵

進去連人和馬陷在坑裡却被伏兵殺死盧先鋒急令衆軍將土填坑親自殺入去正迎着皇叔方垕被盧俊義殺死王尚書引兵開西門走出被李雲攔住戰了五合把李雲刺死馬下石勇急救時又被王尚書刺死孫立黃信林冲三將一齊赶來戰了十合被林冲殺死取了首級來見盧先鋒出榜安民差人報知宋先鋒知會却說宋江在睦州屯扎當日收得盧俊義書約会進兵討賊又見折了史進石秀等十四人痛哭不已吳用勸慰宋江回書約日会取賊巢且說南兵敗回奏知方臘歙州已陷皇叔尚書等俱亡今宋江分兩路來攻清溪方臘大驚急與左丞相計議婁敏中曰宋兵近神州畔下御駕親征將士用心向前方臘從之即令金吾上將皇姪方杰為先鋒都太尉杜微為副先鋒引御林軍一萬戰將三十員再差殿師賀從龍領軍一萬去歙州敵盧俊義軍馬且說宋江大隊軍馬來清溪吳用曰前日柴進燕青去做細作至今不見消息再令人詐降做裡應外合不致走了方臘可以捉獲解京可令水軍頭領李俊救船內糧米去詐降使他不疑宋江從之即令戴宗去見李俊說知如此而行李俊領了計策便教阮小七阮小五做梢公童威童猛粉作水手押着獻糧旗號來到清溪哨兵來迎阮小五叫曰我等都是投降的人特將糧米獻納萬望收錄南兵見俊船上並無軍器便入報知婁敏中叫喚入李俊等登岸見丞相拜罷婁敏中問曰你是宋江手下甚人李俊曰小人姓李名俊因宋江等累次威逼小人等不甘向前受辱不過特將糧船獻納投降婁丞相大喜即引來見方臘具說獻糧投降一事方臘不

起加封李俊為水軍都總管阮小五等各封副總管　俊等拜謝自去辦米上岸交割却說宋江差花榮秦明為前隊引兵來到清溪縣正迎着皇侄方杰秦明與方杰交戰三十合不分勝敗却不隄防杜微在馬後把刀飛來秦明急躲時却被方杰一戟刺死馬下宋江大驚急叫陣前見方臘在馬上監戰便遣方杰來捉宋江方杰正待出陣只聽探馬來報賀從龍領兵去救神州被盧先鋒活捉去了今宋江已殺到山後方臘大驚急傳令收兵退回大寨時見城中火起喊殺連天却是李俊阮小五等在城中放起火來方臘見了急令軍馬救時宋江隨即趕到見城中火起知李俊等行事急令衆將殺入去後面盧先鋒兵馬亦殺到兩下夾攻打破清溪縣方臘却得方杰保駕投幫源洞去了宋江軍馬入方臘宮中將金銀寶物收拾放火燒了宮殿宋盧二先鋒在縣內聚點兩處軍馬時遷報說保四孫二娘和鄒淵杜遷李立湯隆蔡福各帶重傷身死阮小五被婁丞相殺了衆將捉得偽官九員只不見婁丞相杜微下落出榜安民將偽官解赴張招討處斬首示衆人報婁丞相自縊松樹而死杜微躲在娼妓家被杜老拿出宋江賞了杜老將杜微剖腹取心享祭秦明阮小五等次日宋江叫俊義引兵到幫源洞口擺佈方臘聽知大驚無計可施忽柯駙馬見方杰奏曰臣雖不才願引軍馬出洞去退宋江方臘大喜使出勅直與戰洞中軍馬與宋兵對敵未知如何且聽下回分解

此回折將二十四人　鄒淵　薛永　鼂廷珪
史進　石秀　丁得孫　陳達　楊春　李忠　呂方　郁保四　郭盛　杜遷　阮小五
歐鵬　石勇　秦明　湯隆　魏定國　蔡福　張青　李立　李雲　孫二娘

新刻水滸全傳

○第一百十四回

魯智深杭州坐化　宋公明衣錦還鄉

鐵石禪關已點開　錢塘江上早心灰
六和寺內月明夜　三竺山中歸去來
衲子空中圓寂去　將軍功遂錦衣回
兩人俱是奇男子　不忝英雄濟世才

柯駙馬引兵來出戰

關勝詐敗走引駙馬

却說駙馬柯引和方杰領兵一萬出洞與宋兵對陣宋江認得是柴進便令花榮出馬喝曰你那廝是甚人敢助反賊柯駙馬答曰吾乃山東柯引誰不聞我大名宋江聽了與盧俊義曰他把柴字改作柯字進字改作引字當下二人大戰鬥到緊處柴進曰兄長可宜詐敗來日議事花榮聽了撥馬便走柯引叫曰我不趕你誰敢出來交戰花榮回陣對宋江說知此事關勝便出馬與柯引交戰十合關勝亦詐敗回陣宋江又令朱仝出馬戰不過十合詐敗而走柴進趕來虛搠一鎗朱仝棄馬歸陣柯駙馬招動南兵趕來宋江引兵退走十里下寨柯駙馬收兵回見方臘方臘大喜曰賢婿真是英雄來日願展奇才重興基業與寡人共享富貴柯引奏曰主上放心明日請聖駕登山看柯引立斬宋將方臘大喜次日方臘引侍臣登山看駙馬廝殺宋江傳令諸將今日各宜用心擒捉賊首建功衆將聽了都到洞口柯駙馬引方杰出洞對敵方杰與關勝大戰十合花榮策應朱仝一齊殺來方杰見四將併來撥回馬便走四將趕來柯駙馬挺鎗直刺方杰方杰措手不及被殺死于馬下南兵大敗各自逃生柯駙馬大叫吾乃宋將柴進若有人捉得方臘首級重賞降

方臘登山觀兵相殺

首俱各死說罷引衆將殺入洞中方臘在山頂見殺了方杰便望深山奔走宋江大隊軍馬殺入洞來不見方臘柴進殺入東宮時金枝公主自縊身死柴進看收拾金宝放火燒宮院衆將各將皇后嬪妃都擄掠了阮小七殺入內將方臘龍袍穿了平天冠戴了跳上馬跑出宮來三軍只道是方臘一齊殺來看時是阮小七趙譚王禀驚道斷要學方臘阮小七大怒曰你兩個值得甚的若不是俺衆宋公明你兩個驢頭被方臘砍了王禀趙譚大怒便要和阮小七厮併阮小七便奪小校鎗來戳王禀呼延灼看見急來隔開宋江知得來喝阮小七下馬剝了龍袍宋江話解勸二人便令放火燒了宮殿引兵出洞屯扎出榜安民但有拿得方臘者重賞却說方臘望深山走脫下袍靴穿上草履連夜奔走到一所茅庵肚飢要去討飯吃只見一和尚來把禪杖打番捆了那和尚却是魯智深拿了方臘正解出山來遇着搜軍兵一同來見宋先鋒宋江大喜便問智深緣由將烏嶺趕夏侯成入瑯琊山中遇一老僧引我到庵中囑付曰粮米都有只在此等候有個大漢來便捉住夜來望見山前火起今早小僧見這賊扒過山來被俺捉住宋江又問那和尚今在何處智深曰那老僧引我到庵中不知投何處去了宋江曰此必是聖僧今吾師成此大功回京奏聞朝廷還俗為官智深曰我心已灰不願為官但得一個囫圇屍首便足矣宋江等聽了各不喜折且將方臘囚起催促三軍離幫源洞回到睦州來見張招討劉光世童樞密等衆官張招討起身曰已知將軍建此大功實為萬幸宋江垂淚曰小將等弟兄一百單八人損折大半有

柯引兵出戰賺方臘

何面目回見山東父老張招討曰先鋒休憂人之生死分定今日功成名顯衣錦還鄉誰不稱羨當收拾朝京即傳令將衆賊党併偽官盡行斬首將方臘解京各各準備起程尚有張橫楊弘等六人病患在睦州朱富穆春看視後各病死宋江想起弟兄歿于王事令人設羅天大醮超度亡魂已了宋江張招討等衆官回杭州聽候聖旨却說宋江部將佐止有四十三員盧俊義關勝林冲呼延灼花榮柴進李應朱仝魯智深武松戴宗李逵楊雄李俊阮小七燕青朱武黃信孫立樊瑞凌振裴宣蔣敬杜興宋清鄒潤蔡慶楊林童威童猛時遷孫新顧大嫂唐斌徃楚馬靈邊文進陸招孫店等衆回到杭州城外屯扎却說魯智深武松在六和寺中安歇是夜智深忽聽江潮聲響將起來持了禪杖搶出來衆僧驚問其故智深曰洒家聽得戰鼓響俺要出去厮殺衆僧笑曰師父錯聽了此是錢塘江上潮信響智深便問怎的叫做潮信衆僧推窗指着潮頭對智深說曰這潮信日夜兩番來今朝是八月十五日子時潮來因不失信謂之潮信魯智深看了大悟曰俺師父智真長老曾囑付俺四句偈曰逢夏而擒俺日捉了夏侯成遇臘而執俺生擒方臘聽潮而圓見信而寂俺想了應此言便問衆如何是圓寂衆僧曰佛門中圓寂便是死智深笑道既死是圓寂洒家今當圓寂與我燒桶湯來洒家沐浴衆僧即去燒桶湯來智深洗了換一身淨衣令軍校去報宋公明來看洒家又寫了數句偈語去法堂焚起爐香正禪椅上左脚踏右脚自然而化及宋江引衆頭領來看時智深在禪椅上不動了看其頌曰

柯引兵出敗方臘

方臘登山觀兵相殺

智深菴內活捉方臘

平生不修善果　只愛殺人放火　忽地頓開金枷
這裡扯斷玉鎖　錢塘江上潮信來　今日方知我是我

宋江等衆看了偈語嗟嘆不已城內張招討童樞密衆官俱來拈香拜禮宋江把智深衣鉢銀兩散與寺內衆僧做了功果合個[illegible]盒子盛了請大惠禪師來與智深下火諸剎禪師都來迎盒子去六和塔後燒化只見大惠禪師手執火把念偈曰

魯智深　魯智深　起身自綠林　兩個放火眼　一片殺人心
忽聞潮湧去　果然無處尋　咄　解使滿空飛白玉　能令大地變黃金

大惠禪師下火焚化盒子收取骨頭葬入塔內當下武松對宋江曰小弟亦不願赴京盡將身邊金銀納此六和寺中公用作清閑道人宋江依其言武松在寺中後至八十歲善終又有邊文進陸雷陸招三人亦願出家宋江亦允其言再說張招討等衆官在杭州屯扎半月朝廷便命到京宋江等班師回京此時林冲楊雄時遷三個患病而死宋江先送張招討童樞密回京隨後諸將離杭州起行只見燕青來見盧俊義曰小人蒙主人恩德今日成名就請主人同去尋個僻靜去處以終天年未知如何盧俊義曰我今日功成名顯正當衣錦還鄉封妻蔭子之時卻尋個沒結果燕青笑曰小人此去正有結果恐主人此去無結果豈不聞韓信立十大功勞只得未央宮前斬首盧俊義不聽燕青又曰今日不聽恐悔之晚矣吾當去辭宋公明他是義重之人必不應允只此辭別了四拜收拾一擔金銀竟不知投何處去次日小校持一封書稟復宋江書曰　辱弟燕青懇拜先鋒主將麾下多感厚恩補報難盡自忖命薄身微不堪國用情愿退居山野為一閑人本當面辭恐主義重誼不應允是以潛別留書上達望着罪

又詩一首　情願口將官誥納　不求富貴不求榮　身邊自有君王赦　淡飯黃虀過此生

六和寺魯智深坐化

宋江看了心中不悅催趲人馬起行來蘇州李俊詐風疾不起軍人來報宋江宋江去看視李俊曰臨期哥哥程限若憐憫小弟可留童威童猛看視小弟病痊隨後赶來朝覲宋江引其言只得引兵前進且說李俊三人自來尋費保四個入海投化外國去後來為暹羅國之主童威童猛俱為大官卻說宋江等回到東京城外屯扎隨駕下現在朝京將佐二十二員宋江盧俊義吳用關勝呼延灼花榮柴進李應朱仝戴宗李逵阮小七朱武黃信孫立樊瑞裴宣蔣敬杜興宋清鄒潤蔡慶楊林穆春孫新顧大嫂[illegible]已歿八事正偏將佐七十四員秦明徐寧董平張清劉唐史進索超張順阮小二阮小五雷橫石秀解珍解寶宋萬焦挺陶宗旺韓滔彭玘王定六宣贊孔亮施恩周通段景住燕順馬麟呂方郭盛杜遷石勇李忠郁保四張青李立蔡福孫二娘河北降將一十九員文仲容乜恭湍迅速瓊英女苗道成于路病故將佐二十員林冲楊志張橫穆弘楊雄白勝朱富時遷杭州六和塔坐化魯智深出家武松正將一員公孫勝尚道清不願為官下路辭去四員燕青李俊童威童猛見在京將五員安道全皇甫端金大堅蕭讓樂和上皇覽表嗟嘆不已即降聖旨將沒于王事正將封為忠武郎偏將封為義節郎如

徽宗升殿勅封功臣

有子孫者就令赴京照名承襲官爵如無子孫者勅賜立廟所在享祭惟有張順勅賜金華將軍僧人魯智深加義烈照暨禪師武松勅封清忠祖師賜錢十萬貫以終天年已故女將扈三娘加封花陽郡夫人孫二娘加封旌德郡君瓊英女加封頴德夫人見在親內除先鋒使另封正將加授武節將軍諸州統制偏將各授武奕郎兼諸路都統領女將顧大嫂勅封東源縣君

先鋒使宋江加授武德大夫楚州安撫使兼兵馬都總管
副先鋒盧俊義加授武功大夫廬州安撫使兼兵馬副總管
軍師吳用授武勝軍承宣使　關勝授大名府正兵馬總管
呼延灼授御營兵馬指揮使　花榮授應天府兵馬都統制
柴進授横海郡滄州都統制　李應授中山府鄆州都統制
朱仝授保定府都統制　戴宗授兗州府都統制
李逵授鎮江潤州府都統制　阮小七授蓋天軍都統制
唐州授孟州都兵馬都監　崔埜授撫州兵馬都監
馬靈授幽州兵馬都監　孫岳授青州兵馬都監

上皇各已封贈已畢宋江又奏睦州烏龍大王顯靈護国上皇勅封忠靖靈德普祐孚惠龍王至今古跡尚存御筆改睦州為嚴州歙州為徽州因是各帶反文字体清溪縣改為淳安縣幫源洞鑿為山島江南但是方臘殘害之處免差役三年宋江奏部下軍卒亡過大半尚有願還家者乞

陛下聖恩優恤天子降詔願為軍者賞錢一百段絹十疋如不願者賞錢二百段絹十疋各令回鄉為民宋江又奏臣生居鄆城縣乞聖上寬恩給假還鄉拜掃省親却還楚州之任上皇大喜准奏當日飲宴席終謝恩辭駕出朝張招討劉都督童樞密從耿二將辭王趙二大將朝廷俱陞重爵次日將方臘于東京市曹上凌遲處死剮了三日示衆有詩為証

宋江重義陞官日方臘當刑受剮時善惡到頭終有報只爭來早與來遲

御賜宋江衣錦還鄉

却說宋江與部下將佐亦各請受誥命以候臨赴本任宋江分派已定與衆漸相離別宋江兄弟二人馬上衣錦還鄉來到宋家鄉中故舊父老都來迎接宋江回到庄上宋太公已死靈柩尚存宋江宋清痛哭傷感親眷庄客來拜見宋江各各慰問修設好事薦拔父母安葬已了宋江思念玄女娘娘願心未酬命工重建九天玄女娘娘廟宇妝飾聖像俱已完備將庄院交割與弟宋清收管納還官誥只在鄉中務農奉祀宗親香火將餘錢帛盡散鄉老有詩為証

衣錦還鄉實可誇承恩又復入京華戴宗指點迷途破月退名全徧海涯

再說宋江辭別鄉老故舊再回東京來與衆兄弟計議發遣三軍回鄉收拾赴任只見神行太保戴宗來探宋江曰小弟蒙聖恩除授兗州都統制情願納下官誥求閑過日寔為快樂宋江曰何起此念頭戴宗曰夜夢崔府君勾喚因此納還官誥辭別逕往泰安州岳廟出家逕請衆道伴相辭作別大笑而終在此累次顯靈州人隨塑戴宗神像貼骨是他有烏馬表亦自辭宋江而去後不知所終又有阮小七在蓋天軍就職未及數月被王稟趙

蔡京等計害盧安撫

謗懷恨讒謗阮小七穿方臘赭黃袍此人終反多見防之帝實從之蔡京奏天子請降旨討阮小七官職復為庶民阮小七隨携老母回石碣村依舊打魚以終天年

○第百十五回　宋公明神聚蓼兒洼　徽宗帝夢遊梁山泊

罡星起河北　豪杰四方塲　五臺山發願　洮清遼國傳名香
奉詔南收方臘　催促渡長江　一自潤州破敵　席捲起錢塘
抵清溪　登昱嶺　涉長江　蜂巢勦滅　京師衣錦還鄉　堪
恨當朝讒佞　不識男兒定亂　誑主降遺殃　可憐一場夢
令人淚兩行　右調滿庭芳

且說柴進在京師見朝廷追奪阮小七官職尋思曾在方臘處做駙馬日後奸臣讒佞追了誥命豈不受辱不如推稱瘋疾納還官誥辭往滄州橫海郡為民一日因閑而終關勝在北京大名府總管兵馬一日操練回來因大醉墜馬得病身亡呼延灼後領大軍破大金兀朮四太子陣中而亡孫立因勤山城中流矢身死只有朱仝唐斌崔埜後隨劉光世破了大金直做到太平府節度使花榮帶同妻小妹前赴應天府到任吳用去武勝到任李逵自來潤州到任黃信乃往青州孫立孫新顧大嫂依舊登州任用鄒潤不願為官自回登雲山去蔡慶回北京為民裴宣自與楊林同回飲馬川將散思念故鄉願為民朱武自去投公孫勝出家穆春自回揭陽鎮後振仍受火藥局御營任用舊在京師偏將五員安道全皇甫端金大堅蕭讓樂和在京各官善終宋

俊義受毒墜河而死

江自與盧俊義分別各自去赴任有蔡京童貫高俅楊戩四個賊臣商議曰這宋江盧俊義皆是我仇人今日受朝廷恩賜職掌軍民我等省院官員如何不惹人恥笑楊戩曰我有一計先將個盧州軍漢來首告盧安撫招軍買馬意在造反我等便奏過天子却令人宣他來京時待上皇賜御食與他于內下了些水銀却墜了那人腰腎便成不得大事再差天使却賜御酒與宋江吃酒裡也下了些慢藥只消半月之間一定沒救高俅曰此計大妙有詩為証

自古權奸害善良　不容忠義立家邦
皇天若肯明昭報　男作俳優女作娼

四個賊臣隨即差人尋盧州土人寫與狀子教他去樞密院首告盧安撫招軍買馬結連楚州安撫宋江通情起義意欲造反樞密院童貫即收了原告狀子使領蔡京高俅引領原告人入內啓奏天子上皇曰朕想宋江盧俊義南征北討東蕩西除不生反心今已去邪歸正那肯反背寡人其中未審虛實難以准信高俅楊戩在傍奏曰必是盧俊義嫌官職小復生反意陛下可宣來京師却將聖語撫諭之亦顯陛下不負功臣之念上皇准奏隨即降旨差一使命逕往廬州宣取盧俊義還朝又用天使奏命來到廬州開讀上皇聖旨已罷俊義便同使命來至東京次日朝見上皇拜舞已畢天子曰寡人欲見卿一面又問廬州可容身否盧俊義再拜奏曰托賴聖上洪福齊天彼處軍民亦皆安泰俄延至午尚膳廚官進呈御膳此時高俅楊戩已把水銀放在內中天子將食賜與盧俊義盧俊義拜受而食上皇撫諭道卿多出朝供職勿

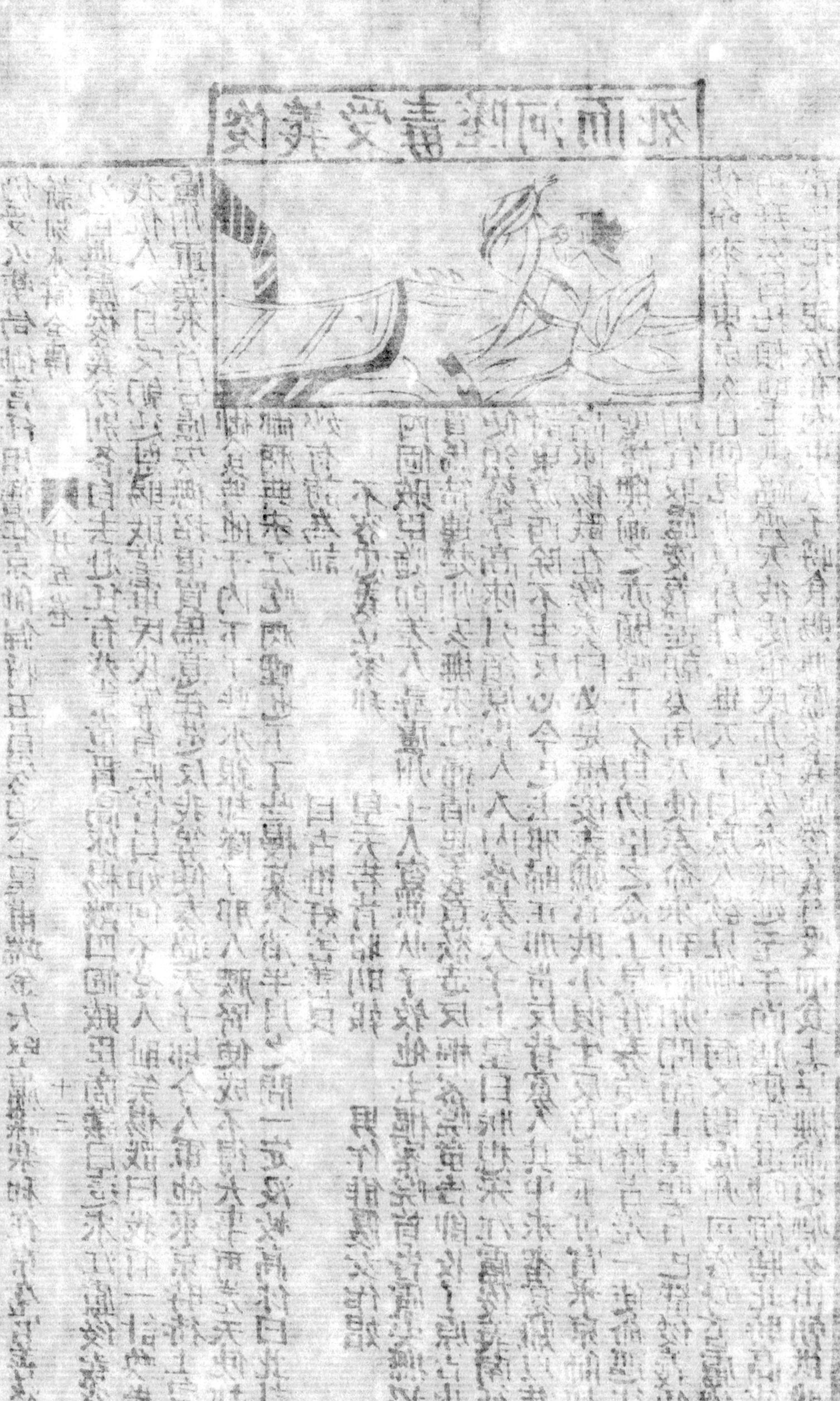

生非當盧俊義謝恩出朝回還盧州高俅楊戩相謂曰大事定矣有詩為證

奸賊陰謀害善良　共相為譖惑激皇　潛將毒藥安中膳　俊義何辜一命亡

再說盧俊義回盧州來偶然腰腎疼痛不能乘馬坐船行至泗州淮河天數將盡是夜因醉欲立在船頭上消遣不想水銀墜下腰胯站立不牢失腳落於淮河而死從人打撈起屍首具棺槨殯於泗州高原深處本州官員動文書申覆省院蔡京童貫高俅楊戩四個賊臣設計定奏聞天子盧安撫行至淮河墜水而死只恐宋江心疑別生他事乞陛下差天使賫酒往楚州賞賜以安其心上皇無奈遂降御酒二樽差天使賫往楚州這使臣亦是高俅楊戩手下之人將御酒下了慢藥

上賣鴆酒與宋江飲

卻說宋公明自到任之後惜軍愛民百姓敬之如父母宋江閑時常出郭遊玩見南門外有個蓼兒洼其四面都是水港中有高山一座秀麗松柏森然和梁山泊無異宋江心中甚喜自己想曰我若死時此處堪為陰宅宋江到任將及半載時是宣和八年首夏忽聽得朝廷降賜御酒到來與眾出城迎接入到公廳開讀聖旨已罷天使捧過御酒教宋安撫飲畢宋江亦將御酒回勸天使天使推稱自來不會飲酒卻被祗饋送天使不受而去宋江自飲御酒之後覺道肚腹疼痛想被下藥在酒裡急令人打聽那廝于路館中卻又飲酒宋江已知中了奸計乃歎曰我自不幸失身于罪人並不曾行半點欺心之事今日天子輕信讒佞賜我藥酒不爭只有李逵見在潤州統制若聞知朝廷行此意必去嘯聚山林把我等一世忠義壞了連夜差人往潤州喚取李逵星夜到楚州且說李逵到潤州為都統制只是悶倦與眾終日飲酒聽得楚州差人到來有請李逵曰哥哥取我必有話說便同來人下船直到楚州拜見宋江曰兄弟自從分散之後日夜只是想念眾人只有賢弟在潤州較近特請你來商議一件大事李逵曰甚麼大事

宋江賜酒與李逵飲

宋江曰你且飲酒宋江請進後廳款待李逵吃了半晌酒食宋江曰賢弟我聽得朝廷差人賫藥酒來賜與我吃如死却是怎的好李逵大叫反了罷宋江曰軍馬都沒了兄弟們又各分散如何反得成李逵曰我鎮江有三千軍馬哥哥楚州軍馬盡點起來再上梁山泊強在這裡受氣宋江曰兄弟你休怪我前日朝廷差天使賜藥酒與我服了我死去後恐怕你造反壞了我忠義之名因此請你來相見一向酒中已與你慢藥服了回至潤州必死你死之後可來楚州南門外蓼兒洼和你陰魂相聚言訖淚下如雨李逵亦垂淚曰生時伏侍哥哥死了也只是哥哥部下一個小鬼言訖便覺身體有些沉重灑淚拜別下船回到潤州果然藥發李逵臨死分付從人將我靈柩去楚州南門外蓼兒洼我哥哥一處埋葬從人不負其言扶柩而往宋江自與李逵別後心中傷感思念吳用花榮不得會面是夜藥發囑付親隨之人將我靈柩葬南門外蓼兒洼高源深處你眾人若忠言訖而逝楚州人備棺槨依禮殯葬楚州蓼兒洼數日之後李逵靈柩亦從潤州到來葬于宋江墓側有詩為證

宋江飲毒已知情　恐壞忠良水滸名　便約李逵同一死　蓼兒洼裡起佳城

吳用花榮自縊塚上

且說宋清在家患病聞知訃人報說哥哥病故在楚州葬于蓼兒洼只令得家人到來祭祀打點

武勝軍承宣使吳用自到任之後每每思念宋公明忽一夜夢見宋江李逵扯住衣服說曰軍師我等以忠義為主不負朝廷今賜藥酒身亡已葬于楚州蓼兒洼軍師若念舊日之情可到坟塋看視一遭吳用要備細忽然驚覺乃是一夢吳用淚如雨下坐至天明逕往楚州來宋江果已死吳用安排祭儀到蓼兒洼坟前哭祭曰仁兄今日既為國家而死托夢與我兄弟無以報荅願與仁兄全會十九泉之下言罷痛哭正欲自縊只見花榮從舡上飛奔到來前見了吳用各吃一驚吳用問曰賢弟在應天府為官緣何到此花榮將夢中之事說了與吳用則同因此星夜到此吳用曰我得異夢亦是如此因來探看侭所想念宋公明恩義難捨正欲就于此處自縊魂魄與仁兄同聚一處花榮曰軍師既有此心小弟便當隨之亦與仁兄全盡忠義乃死契合者也有詩為証

紅蓼洼中客夢長　花榮吳用苦悲傷
一時義烈相思契　封樹高懸兩命亡

吳用曰我今身又無家同死却何妨你有幼子嬌妻使其何依花榮曰此事不妨自有囊篋足以度日妻室之家亦自有人料理兩個大哭一塲雙雙懸于樹上而死舡上從人久等本官不出都到坟前看時只見兩人自縊身死忙急報與本州官僚置備棺槨葬于宋江墓側楚州百姓感念宋江仁德建立祠堂四時享祭里人祈禱無不感應却說道君皇帝自從賜御酒與宋江之後累憂疑不知宋江消息每日被高俅楊戩議論奢華所慢忽

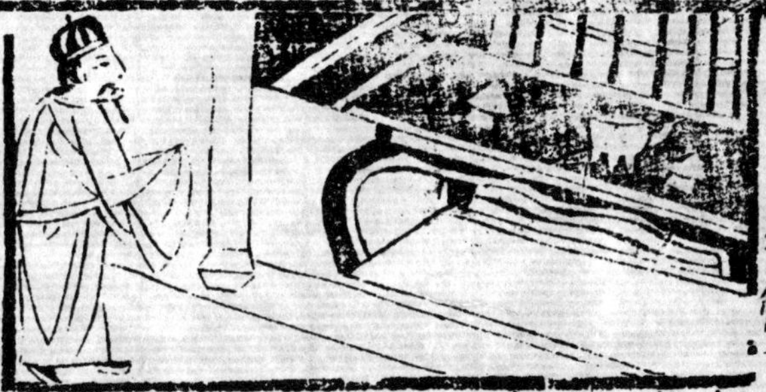

一日上皇想李師師和兩個小黃門來到後園撥動鈴索李師師慌忙迎接聖駕到前山呼天[illegible]曰近感微疾安道全医治有十數日今不見卿不勝悅樂詩云

不見芳卿十月餘　朕心眷戀又踟蹰
今宵得遂風流興　美滿恩情總不如

鄉民建立宋江祠堂

李師師奏曰深蒙陛下眷愛之心賤人惶感莫盡房內鋪設酒餚與上皇取樂纔飲過數盃上皇神思困倦忽然就房裡起一陣冷風上皇見個穿黃衫的立在面前奏曰臣乃梁山泊部下神行太保戴宗兄長宋江請陛下車駕上皇曰卿請寡人車駕何往戴宗曰遊龍景致上皇隨戴宗出宮乘馬而行但見白雲似霧耳聽風雨之流到一驚問其故卿身皆是何人只見為首一個奏道臣乃梁山泊宋江是也上皇曰寡人已令卿在楚州為安撫使却緣何在此宋江奏曰臣等請陛下到忠義堂上容臣細訴冤屈上皇到忠義堂前下馬上堂坐定看堂下拜伏着許多人上皇猶豫不定宋江向前垂淚啟奏曰臣等雖曾抗拒天兵素秉忠義自從陛下招安南征北討兄弟十損八臣蒙陛下命守楚州到任以來陛下賜以藥酒與臣服飲臣死無怨但恐李逵知而懷恨輒生異心臣亦與藥酒酖死吳用花榮亦為忠義而來在臣塚上俱各自縊身死臣等四人全葬于楚州南門蓼兒洼里人憐憫建立祠堂于墓側今臣等與衆已亡者各魂不散俱聚于此申告陛下始終無異乞陛下聖鑒上皇聽了大驚曰寡人親差天使御筆印封黃酒不知何人換了藥酒賜卿宋江曰陛下可問來使便知奸弊上皇看見三關險峻淒慘問曰此是

宋江等陰魂託帝夢

何處宋江曰此是臣等舊日聚義梁山泊也上皇曰卿等已死當往受生陽世何故相聚此地宋江曰天帝哀憫臣等忠義須的符牒勑命臣為梁山泊都土地上皇曰卿等有此靈何不請九重深處顯告寡人宋江正待啟奏忽見李逵手把雙斧厲聲高叫曰無道昏君聽信四個賊臣屈壞我們性命今日既見正好報仇說罷輪起雙斧逕奔上皇天子吃這一驚忽然覺來乃是一夢閃開雙眼見燈燭熒煌李師師猶然未寢有詩為証

偶入青樓訪愛卿夢遊水滸見豪英無銜寃抑當陳訴可使何人報不平

却說以夢中事諭李師師李師師奏曰凡人正直者必然為神也莫非宋江已死顯聖托夢與陛下當夜上皇嗟嘆不已次日早朝會群臣于偏殿當見童貫蔡京高俅楊戩朝罷累恐聖問宋江之事已由宮去了只有宿太尉侍側上皇便問宿元景曰卿知楚州安撫宋江消息否宿太尉奏曰臣雖未知安撫消息臣昨夜得一夢其是奇怪上皇問曰卿昨得何夢宿太尉奏曰臣夢見宋江訪說陛下以藥酒見賜而死楚人憐其忠義葬于本州南門外蓼兒洼內建立祠堂四時享祭上皇聽罷曰此與朕夢無異卿可差人往楚州訪察此事急來回報宿太尉領旨出宮差官往楚州探聽次日上皇駕臨文德殿高俅楊戩在側聖上問曰汝等知楚州宋江消息否二人未敢啟奏各言不知上皇展轉心疑却說宿太尉差官回來備說宋江蒙賜藥酒而死葬于楚州蓼兒洼更有吳用花榮李逵三人一處埋葬百姓哀憐蓋造祠堂于墓側[illegible]二十一宿太尉入內備奏前事天子見說不勝傷感次日早朝上皇發問前事責高俅楊戩之罪誘被寡人童貫二賊中為掩飾不加其罪喝退高俅楊戩即便究賣酒使臣不這臣離楚回已死于路宿太尉次日見上皇于偏殿將宋江為臣忠義顯灵之事奏聞天子上皇准奏宣宋江親弟宋清承襲宋江名爵見時宋清已感風疾不願為官上表辭謝上皇憐其孝道賜錢十萬貫田三千畝以贍其家待有子孫朝廷錄用後來宋清生一[illegible]安平應赴科舉官至秘書學士上皇依宿太尉所奏親書聖旨勅封宋江為忠義烈濟靈應侯仍勅賜錢往梁山泊起蓋廟宇大建祠堂粧塑宋江等沒于王事及諸將神像勅賜殿額御筆親書靖忠之廟濟州奉勅于梁山泊起造廟宇

宿太尉奏宋江事由

但見

金釘朱戶玉柱銀門畫棟雕梁朱簷碧瓦綠欄干低映軒窗繡簾幙高懸寶檻五間大殿中懸勅額金書兩廡長廊彩畫出朝入覲儀從槐影裡旌旗星門高接青雲靈宮內侍從忠直儀俠黃金殿上有宋公明等三十六員天罡正將兩廊之內列朱仝為頭七十二座地煞將軍門前侍從猙獰部下神兵勇猛庶民恭敬正神祇祀典朝参忠烈帝萬年香火享無窮千載功勳標史記

天罡盡已歸天界　地煞還應入地中　千古忠良皆廟食　萬年香貌祀英雄

後來宋公明累累顯靈百姓四時享祭不絕梁山泊內祈風得風祈雨得雨又在楚州蓼兒洼亦顯靈應彼處人民重建大殿添設兩廊奏請賜額至今古跡尚存太史公有唐律二首哀輓詩曰

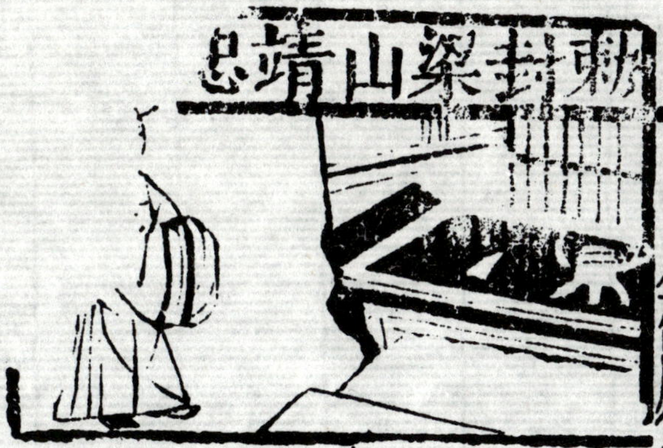

勅封梁山靖忠

莫把行藏怨老天
韓彭當日亦堪憐
一心征臘摧鋒日
百戰擒遼破敵年
煞曜罡星今已矣
奸臣賊將尚何然
早知鴆毒埋黃壤
學取鴟夷泛釣船
生當廟食死封侯
男子平生志已酬
鐵馬夜嘶三月暗
玄猿秋嘯暮雲稠
不須出處求真跡
且喜忠良作話頭
千古蓼洼埋玉地
落花啼鳥總閑愁

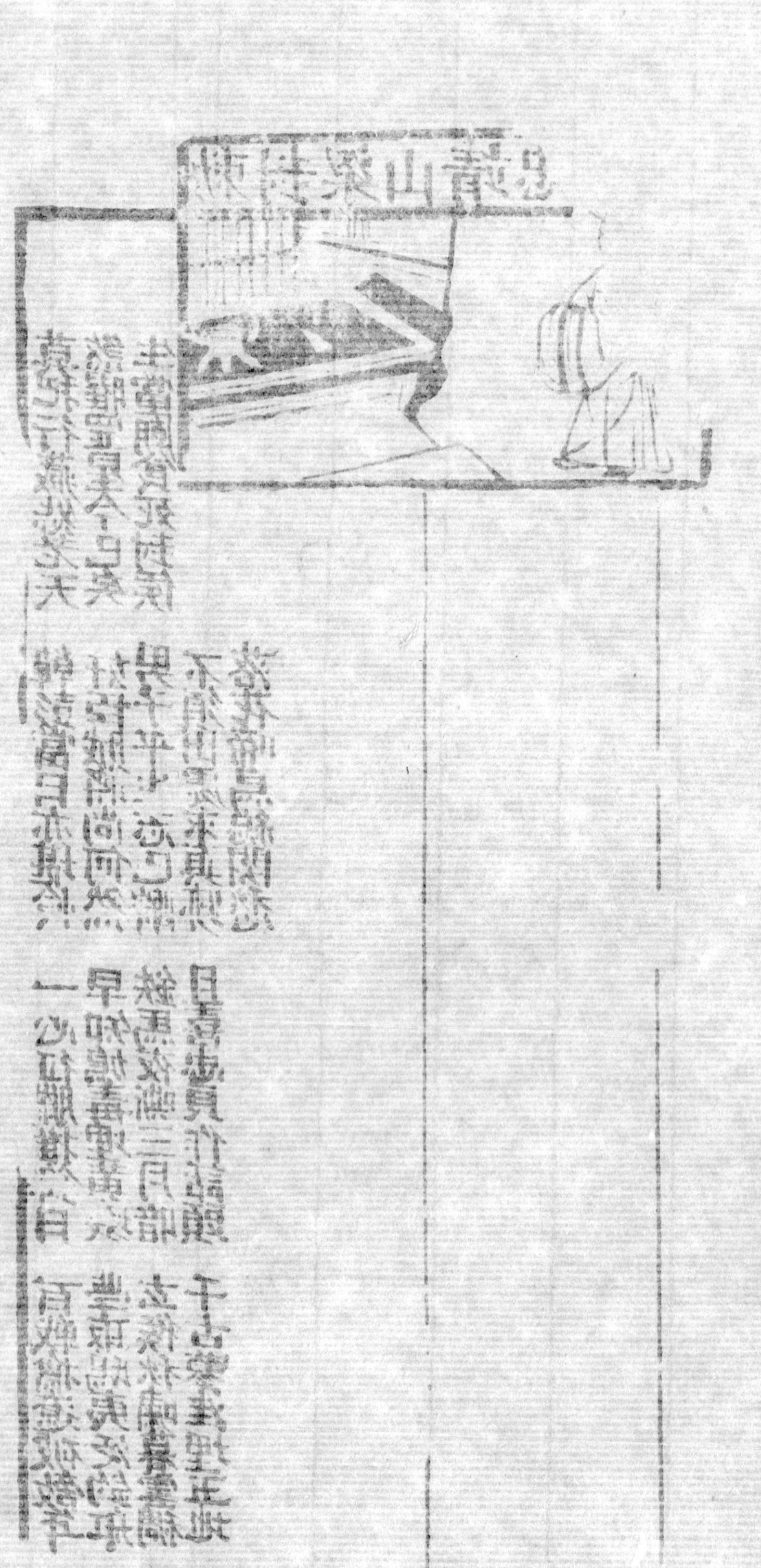

總策劃　張自成　陸　萍

責任編輯　李緡雲　劉永海
封面設計　程星濤
責任印製　梁秋卉

圖書在版編目（CIP）數據

新刻全像忠義水滸傳 /（明）羅貫中編輯；（明
喬林梓行. -- 北京：文物出版社, 2016.11
ISBN 978-7-5010-4471-9

Ⅰ. ①新… Ⅱ. ①羅… ②鄭… Ⅲ. ①章回小説
國 - 明代 Ⅳ. ①I242.4

中國版本圖書館CIP數據核字（2015）第2868

［明］羅貫中 編輯　［明］鄭喬林 梓行

出版發行　文物出版社
地址　北京市東直門内北小街二號樓
郵編　一〇〇〇〇七
網址　http://www.wenwu.com
郵箱　E-mail: web@wenwu.com
印刷　杭州蕭山古籍印務有限公司
開本　八
印數　一—三〇〇
版次　二〇一六年十一月第一版
　　　二〇一六年十一月第一次印刷
書號　ISBN 978-7-5010-4471-9
定價　三三六〇・〇〇圓